没落令嬢のお気に召すまま 1

～婚約破棄されたので宝石鑑定士として独立します～

BOTSURAKU REIJO NO OKINI MESUMAMA

［著］四葉タト
［イラスト］藤実なんな

どう？
見える？

没落令嬢のお気に召すまま

～婚約破棄されたので宝石鑑定士として独立します～

1

[著] 四葉タト

[イラスト] 藤実なんな

CONTENTS

BOTSURAKU REIJO NO
OKINIMESUMAMA

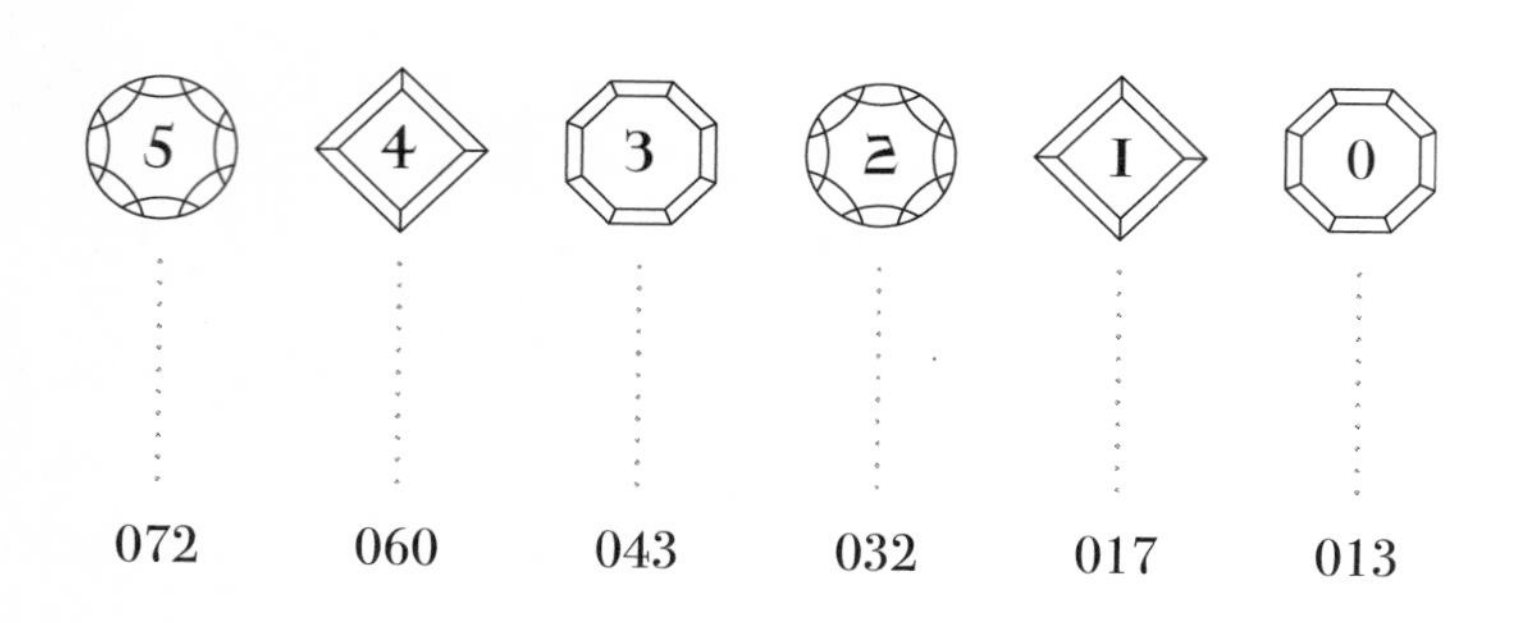

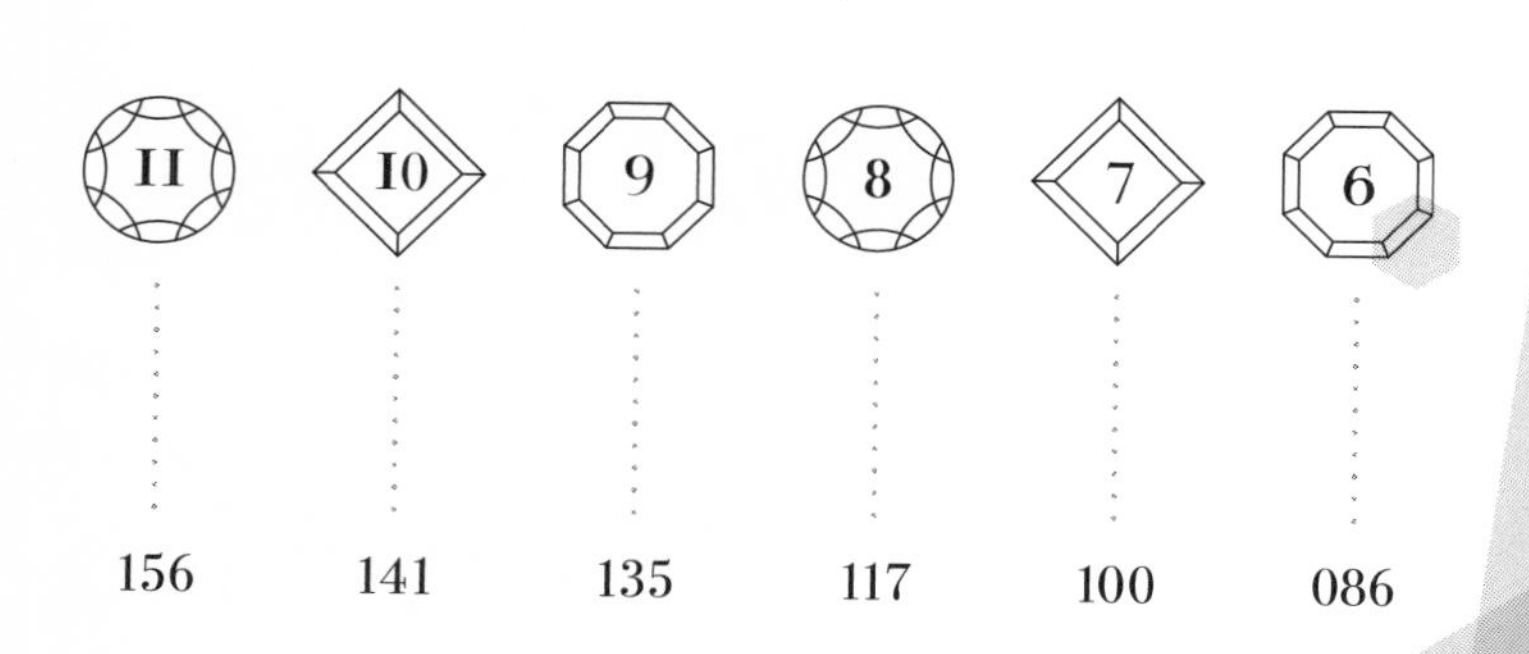

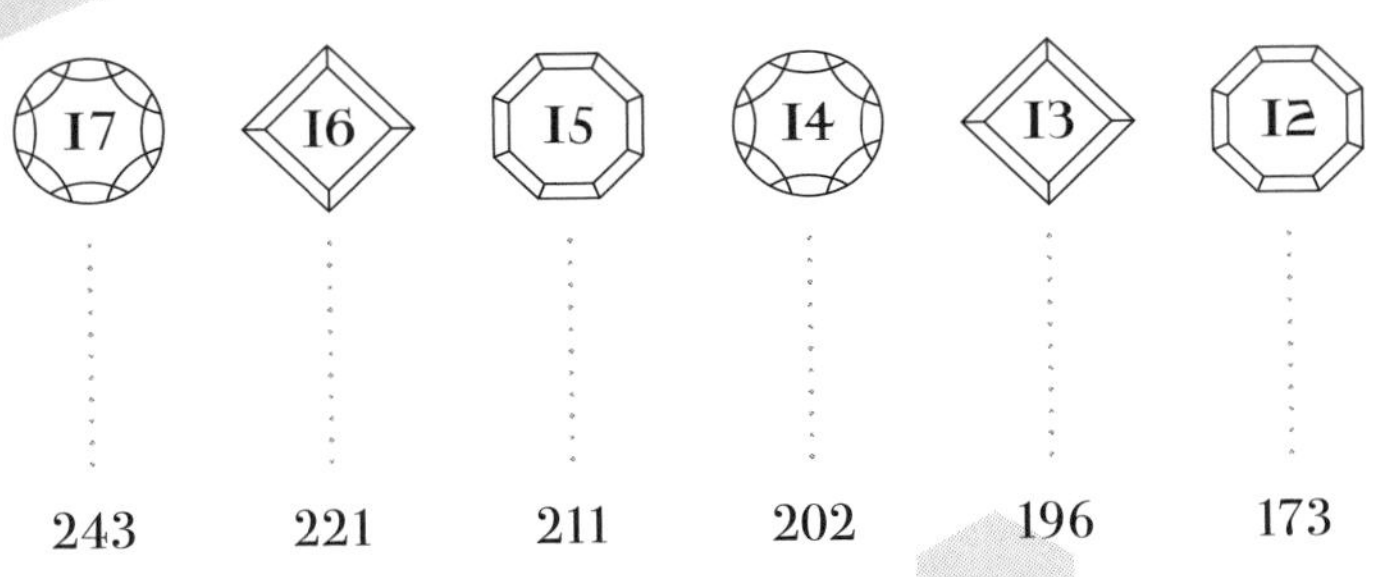

12
173
13
196
14
202
15
211
16
221
17
243

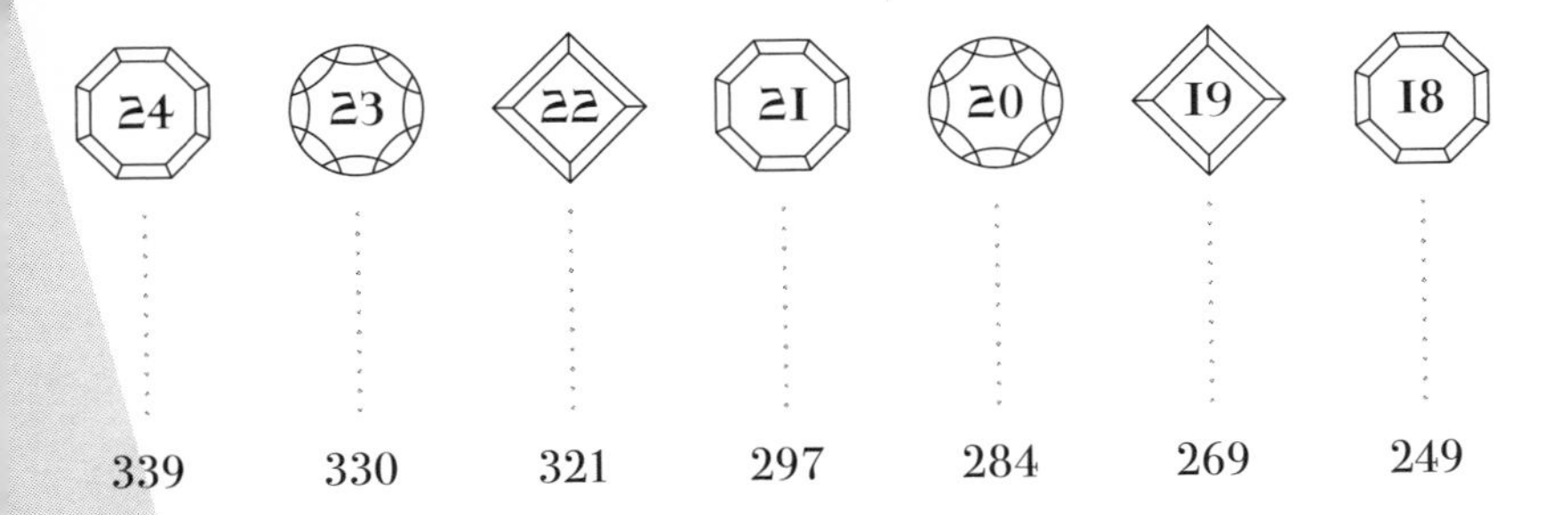

18
249
19
269
20
284
21
297
22
321
23
330
24
339

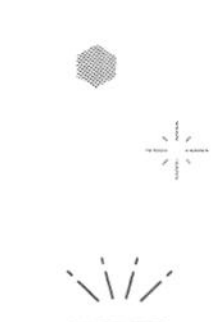

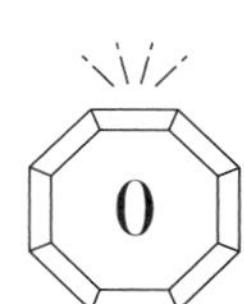

0

小さい頃、飽きずに水晶（クオーツ）を眺めていた。

どこにでもある鉱石だ。

それでも、私にとっては宝物だった。

「オードリー。また水晶（クオーツ）を見ているのか？」

「うん」

その日、無口な父さんがめずらしく話しかけてきた。

「見せてみなさい」

「うん」

八歳だった私は、作業台の前にいる父さんに近づき、素直に石を差し出した。

父さんが水晶（クオーツ）を手に取り、日にかざす。

六角錐の水晶は半分に割れていた。

「形がいいものと交換するか？」

「……」

「この水晶が気に入ってるのか？」

「……うん。綺麗だから」

「そうか」

父さんは無愛想な返事をしたけど、その目は少し楽しげだった。

なんだか私も楽しくなってきて、父さんの無精髭をじゃりじゃりと触って、くすりと笑う。

父さんは私にされるがまま、欠けた水晶（クオーツ）を日にかざした。

「オードリーは鑑定士になりたいのか？」

「お父さんみたいな鑑定士になりたい」

父さんは大きな手で、私の頭を撫でてくれた。

「少し待っていなさい」

そう言って、父さんは作業台にある革紐を取り、欠けた水晶を丁寧に縛ってネックレスにし、私の首にそっとかけてくれた。

「こうしておけばずっと水晶（クオーツ）と一緒だ」

「わあ！　ありがとう！」

嬉しくて抱きついた。

座っている父さんの膝に乗り、胸にかかった水晶を手に取る。

水晶はつるりとしていて、革紐はオイルのような匂いがした。

「よく覚えておきなさい」

父さんはいつも無口で無愛想だけど、そのときだけは楽しそうに笑った。

「どの石にも物語がある。庭に転がっている石にも、高価な魔宝石にも、この水晶にも。一つ一つの出逢いに感謝し、大切にしなさい」

「本みたいなお話が石にあるの？」

「いつかわかるときが来る」

そのときの父さんは遠くを見つめていた。私を生んだときに死んでしまった母のことを想っていたのではないかと、今では思う。

その日から、私は鑑定士になるべく、父さんに教えを請うた。

毎日欠かさず勉強をし、魔力操作が向上すると言われている瞑想などのトレーニングもやり続けた。立派な鑑定士になることを夢見て。

でも、私には魔力がなかった。

一万人に一人とも言われる、魔力ナシだった。

魔力がなければ鑑定士になれない。

子どもでも知っていることだ。

「なんで訓練と勉強をするの？」

「鑑定士になるためだ」

父さんがぶっきらぼうに言う。

「……私は、鑑定士になれないんだよね？」

そんな質問に、父さんは何も答えてくれない。

ずっとずっと、答えてくれない。

それでも、父さんは私に鑑定士の極意を教え続けてくれた。

私は父さんが何を考えているのかわからなかった。

鑑定士を夢見る私を突き放すのでもなく、かといって鑑定士になれる方法を教えてくれるわけでもなく、ただ淡々と、知識と知恵を私に教え続けた。

死んでしまう、その日まで。

I

デスクには書類が山積みになっていた。

未処理の月次報告、魔宝石仕入れ額の確認、領収書の束、従業員のシフト表……これから処理すると思うと、ちょっと頭が痛くなってくる。

「仮婚約者様、これもお願いね」

箱が置かれて、無遠慮な音が響く。

中を見ると石が数百個入っていた。

六面体、豊富なカラーバリエーション――蛍石(ほたるいし)だ。

「指紋一つ残さず磨くのよ。おわかり？」

顔を上げると、完璧な化粧をしたドール嬢が意地悪そうに口の端を上げていた。

勝ち気そうな濃い眉、通った鼻筋、吊目がちだけど形のいい瞳。

今日も豊満なバストを見せつけるような、オフショルダーのドレスワンピースを着ている。

「感謝しながら磨きなさい。Cランク鑑定士様、いつも石磨きのお仕事をくださってありがとうございます、とね」

ドール嬢がつんと顎を上げる。

なんでいつも言わせるんだろう……。

趣味が悪いとしか思えないよ。

「復唱は？　ほら」

ドール嬢が片眉を上げる。

私は分厚い眼鏡を指で押し上げた。

「……Cランク鑑定士様……いつも石磨きのお仕事をくださって、ありがとうございます」

「一つでも指紋がついていたらやり直しよ？　おわかり？」

黙って彼女が去るのを待った。

ドール嬢はCランク鑑定士だ。

鑑定士は、魔宝石の鑑定を王国から認可された職業で、厳しい試験に合格して初めてなれる、聖騎士、真偽官、弁護士と並ぶ、人気職業だ。

また、彼女は大商会のご令嬢ということもあり、どの従業員も意見できない。

私の一つ下で、二十歳。

年下ではあるけれど、下っ端の私ごときが文句を言えるはずもない。というか、そんな度胸、私にはない。

「それにしても、ゾルタン様は辛抱強い方ね」

事務所内に聞こえるように、ドール嬢が両手を広げた。

「ぼさぼさの髪、洒落っ気のない眼鏡、陰気な顔つき……。あなたみたいな陰気な女が婚約者ではさぞおつらいでしょう。ねえ？　皆さんもそう思うでしょう？」

その呼びかけに、近場にいた事務員たちが媚びるように笑ってうなずく。

「しかも、魔力ナシの鑑定士志望。一生役立たずな女ね」

「……役立たず……」

容姿よりも才能のことを言われると、胸が痛くなる。

鑑定士になるには魔力を読む力が必須だ。

ついこの前も測定器で測ったけど、魔力はゼロ。全然ダメだった。

測定器はうんともすんとも言わない。

機嫌の悪い父さんに話しかけている気分になるよね……。

十代までは奇跡が起きて魔力を手に入れられると信じていたけど、今となっては夢のまた夢。魔力ナシとアリの間には、越えられない壁があった。

「あなた、婚約して五年も経つんだっけ？　結婚できないのは役立たずだからだわ。そうに違いないわ。ねえ皆さん？」

ドール嬢の高笑いに、従業員が追従する。

この人は毎回こうだ。

父の勧めで婚約したことを、いつも最後に言ってくる。

「サボらないでちょうだいねぇ、仮婚約者様」

ドール嬢は言うだけ言って気分がよくなったのか、デスクへ戻っていった。

私は置かれた箱を見下ろした。

「……あそこまで言わなくても……」

心を無にして箱を引き寄せ、蛍石(ほたるいし)を手に取る。

親指の爪ほどの大きさだ。

「はぁ……無心でやろう」

磨き布で指紋を拭き取り、空箱に入れる。それを繰り返していく。

石は大きく分けて二つ、鉱石と魔宝石に分類される。

魔力を含む石はすべて魔宝石と呼ばれ、生活必需品である魔道具の原料から、宝飾品の利用まで幅広く取引される。値段もピンきりだ。

今磨いている蛍石(ほたるいし)は鉱石だけど、特殊な鉱石で、魔力を込めると〝蛍石(フローライト)〟と呼ばれる魔宝石へと変化し、照明魔道具に使われる。

鉱石の中でも利益率の高い石だ。

ドール嬢は毎日毎日、蛍石(ほたるいし)を私に押し付けてくる。

魔力で加工するから、磨く必要はまったくない。

単なる嫌がらせだよね、これ。

この職場、本当に辞めたい。

でも、父さんが決めた婚約者の職場だから辞めるわけにもいかないし、辞めたところで私が就職できる商会はないというね……。

ああ、ダメだ。

余計なことを考えてしまう。

無心だ、無心。

おしゃべりに興じているドール嬢をちらりと見て、蛍石（ほたるいし）を磨いていく。

十個ほど磨くと、違和感に気づいた。

「またか」

選別ミスだ……。

仕方なくデスクの引き出しからジュエルルーペを取り出して、片目をつぶって覗き込んだ。

色の変化に富む蛍石（ほたるいし）は、様々な色が結晶内部で縞模様を描く。

「……また水晶（クオーツ）が交じってる」

水晶（クオーツ）はポピュラーな鉱石で、他の鉱石や魔宝石との鑑定ミスを誘発する石だ。水晶（クオーツ）をすべて見分けられるのが、鑑定士への第一歩、と言われている。

なんでこう、毎回選別ミスをするんだろうか。

魔力ナシの私でも選別できるのだから、魔力アリのCランク鑑定士であれば、間違えようのない仕事だ。魔力を見れば一瞬で選別ができる。話によると、見える色が違うらしい。

気を取り直して、売り物にならない石を破棄ボックスへと入れた。

かちゃりと音が鳴った。

「私にも魔力があればな……」

魔力があれば、魔宝石を鑑定できる。

魔宝石が鑑定できれば、鑑定士になれる。

鑑定士になったら、色々な場所へ旅をして魔宝石を探したり、人の役に立つような鑑定の仕事ができる。

魔力がほしい。

でも、手に入らない。

憧れの職業に就けず、心がぼろぼろになっていくのが何となくわかる。

二十歳を過ぎたあたりから、何をするにも気力が出なくて、身体が重くなった気がする。

現実が、つらくて苦しい。

「……一生役立たず……」

つぶやきは宙に溶けた。

カーパシー魔宝石商の事務所では十数名が忙しそうに動き回っていた。

事務所の隅に追いやられている私を、誰も見向きもしない。

気持ちを切り替えて、蛍石(ほたるいし)を磨いていると、事務所の入り口が大きく開いた。

「若様、おかえりなさいませ！」

カーパシー魔宝石商の商会長である、ゾルタン・カーパシーが事務所に戻ってきた。

従業員たちが笑顔で出迎える。

ドール嬢は、歌劇俳優と偶然会ったファンのように黄色い声を上げて駆け寄った。

今年で二十三歳になるゾルタンは美青年と周囲から褒めそやされているが、白目がちで酷薄そうな瞳が私は苦手だった。こちらを見る目が、私自身でなく、私に付随している価値だけを見ているような気がしてならない。目が恐いんだよね……。

ゾルタンはちらりとこちらを見ると、路傍の石でも見たような目つきになり、ドール嬢へすぐに向き直った。

背中に小さな虫を入れられたような、何かぞっとする感覚が全身を走る。

あれは、婚約者に向ける目じゃない。

ゾルタンは婚約当初こそ私に対して最低限の優しさを見せてくれていたけど、父さんが死んでから態度が一変した。

思えば、高名なAランク鑑定士であった父さんの力が目的だったのかもしれない。

父さんが生きていればもっと違った人生になっていたのかな……。

いや、考えるのはやめよう。

頑固者の父さんが私の行く末を案じて決めた婚約だ。父さんが生きていたらとっくに結婚させられているような気がする。

それに、この状況も、私が――

「オードリー」

急に名前を呼ばれ、持っていた蛍石（ほたるいし）を落としそうになった。

「……ッ……は、はい……」

顔を上げると、ゾルタンがデスクを見下ろしていた。

「明日は必ず出勤しろ。いいな」

婚約者ではなく、部下に命令する口調でゾルタンが言った。

私は黙ってうなずいた。

思っていたよりも大きく首を動かしてしまい、眼鏡が下にずれる。

あわてて指で押し上げ、彼から目をそらした。

「……女としてまともだったら使いようがあったものを……」

ゾルタンが私の全身を見て、事務所の会長室へと消えていった。

○

深夜の王都を歩く。

街灯が濃い影を作り、使い古した革靴の靴底がレンガ畳の道路にこすれた。

あの後、蛍石（ほたるいし）を千個追加され、大量の書類処理も回ってきた。

残業六時間。残業代なし。

ブラックすぎる。

「はぁ……」

疲労のせいか妙に熱い息が漏れる。

とぼとぼ歩いていると、婚約者であるゾルタンの酷薄な瞳が脳裏に浮かんできた。

あの人、何を考えているんだろうか？

私は十六歳で婚約してから五年間、商会のお手伝いと称してゾルタンにこき使われている。

十八歳になったら結婚すると彼は言っていたけど、父さんが体調を崩してからというもの、のらりくらりと結婚を延期し、現在にまで至っている。父さんが死んでからは露骨に私を避けるようになった。

よく考えれば、婚約者だからといって、月給十万ルギィで私を雇っているのはおかしい。

たった十万だよ？

十万ルギィは、見習いの事務員がもらう金額とほぼ同額だ。

それもこれも、私が原因な気がする。

婚約してすぐの頃、十六歳だった私は、それはもう張り切って働いた。

残業も嫌な顔をしないようにしたし、他の社員の方の仕事も率先してやるようにした。

別にゾルタンのことは好きではなかったけど、父さんの安心した顔が嬉しかった。

きっと、それが裏目に出た。

私が仕事をやりすぎたせいか、日に日に仕事量が増えていった。

あれが間違いの始まりだ。

便利な道具として仕事を押し付けられていると気づいたときにはもう遅かった。

ゾルタンに一度相談したけど、「結婚するまではしっかり働け」と言われてしまい、なんとなく流されるがまま、五年もの歳月が過ぎてしまった。

前からそうだ。

自分のやりたいことを口に出すのが苦手だった。

父さんの仕事が忙しかったせいもあって、我慢に慣れてしまったのかもしれない。

魔力ナシと判明してからは、自分の意見を言うことがもっとできなくなった。

こうやって頭の中でぐるぐると考えることだけが得意になった。

あまり考えすぎるなと友人のモリィには言われるけど、どうしてもあれこれと考えてしまう。

気持ちを切り替えるべく、一度大きく息を吐いた。

「一万ルギィは貯めておいて……生活費と……今月分の家の固定資産税を役所に払って……残りは五千ルギィ……。コーヒー豆を買ったら新作の小説は我慢するしかないか……あっ、魔道ランプの魔力が切れかかってるから、〝蛍石(フローライト)〟を買わないと……」

脳内で収支を計算する。

手取り十万ルギィじゃ、生活するだけで手一杯だ。

父さんは私のために高価な魔宝石と、アトリエと、少なくない金額のお金を残してくれたけど、それもこれも、私が鑑定士になったときのためと、貯めてくれていたものだ。未練がましく、貯金に手を出せないでいる。

あれに手を出したら、もう、私が私でなくなってしまうような気がした。

「馬車が通るよ！」

十字路からガラガラと音が響いてきた。

足を止めて顔を上げると、大量のカンテラを付けた馬車隊が通過するところだった。

商魂たくましい商人が王都から出て、どこかへ荷を売りに行くらしい。深夜にもかかわらず、楽しげな会話が聞こえてきて、別世界の出来事に見えた。

「お嬢さん、早く家にお帰りなさいな！　王都の夜は安全だけど用心に越したことはないよ！」

お調子者らしい御者が声をかけてくれたので、軽く頭を下げておく。

馬車が通過するのを待ち、足を前へ出す速度を上げた。

◯

王都大通りの終着点にある家に帰ってきた。

父さんが友人の建築家に頼んだ屋根のタイルに水晶（クォーツ）を使っているビクトリアン・クォーツ様式の一戸建てで、昼間になると陽光を反射して、時間によっては小さな虹が見られるという最新式の家だ。

最新のオシャレな家も、深夜だと闇に同化しているみたいで、屋根の水晶たちも心なしか悲しげに見えた。

家に入ると鉱物と木材の混ざった香りがして、安堵のため息が漏れた。

どっと疲労が押し寄せてくる。

このまま玄関で寝たい。

ぐっとこらえてシャワーを浴び、寝間着に着替えた。

「……何か食べないと……」

コーヒーを淹れ、キッチンにあった朝食の残りを手に取った。

クロワッサンは乾いてもそもそした食感だ。

サラダも水気がなくて新鮮じゃない。

「今の私を見たら、父さんは何て言うかな」

無気力な私に失望する？　早く結婚しろって言う？

もう一度会えるなら話をしたい。

間違いなく、父さんはゾルタンと私の婚約を、心から喜んでくれていた。

父さんの友人であったカーパシー男爵の息子がゾルタンだった、というのが婚約の経緯だ。

友人の息子を紹介する。

どこにでもある話――。

父さんの友人であるカーパシー男爵はお金で地位を買った成金男爵なんて言われているけど、父さんは信頼していたように思う。カーパシー男爵が別大陸の魔宝石採掘に行ったきり、行方不明なのが残念でならない。

結局のところ、父さんが死に、カーパシー男爵はおらず、親戚は王都から遥か遠くの町に住んでいるため、頼る相手は誰もいない。

もしだけど、ゾルタンと結婚すれば、状況が多少は改善されるだろうか？

「あの人と結婚とか考えたくない……」

想像したら身震いしてきた。

気を取り直すため、カップに手を伸ばしてコーヒーを口に運んだ。

鼻孔をくすぐる心地よい香りに、荒(すさ)んだ心がちょっぴり癒やされた。

サイドテーブルに置きっぱなしになっていた小説を手に取って、ぱらぱらとページをめくってみる。

古い本と、インクの匂いがした。

小説はつらい現実を忘れさせてくれる。

お気に入りの小説ならなおさらだ。

この本のタイトルは『ご令嬢のお気に召すまま』。

一人の令嬢が騎士になるため家を飛び出して好きに生きていく物語で、快活な主人公が七転八倒しながら剣を極め、人を助け、旅をする冒険活劇だ。「女は騎士にはなれない」と言われて何度もくじけそうになるけど、不屈の精神と底抜けの明るさで、彼女は数年がかりで聖騎士(セイントガード)の称号を得る。

旅の道中で起こるラブロマンスも大変に魅力的で、不朽の名作と言っていいだろう。超名作だ。もう二十周はしている。

私は第二章で指を止めた。

コーヒーを飲んで小説を読むこの時間だけが、私にとって至福のひとときだった。

「私、オードリー・エヴァンスは好きなように生きていく」

好きなシーンを自分に置き換えた。

口の端が上がる。

「私の進む道は私自身が決めるのだ」

声をちょっと大きくしてみる。

「誰にも邪魔はさせない」

ポーズをつけて、ご令嬢になりきってみた。

ついでに、相手の男性役も演じることにした。

「オードリー・エヴァンス嬢……貴女は強い女性だ……。望むのであれば、好きにすればよい。困難な道であろうとも、私は貴女の成功を心から願っている」

ひとしきり演じてコーヒーを飲み、小説を閉じた。

「ご令嬢みたいに生きられたら、どれだけ気分がいいんだろうね」

主人公がもし私なら、本のタイトルは『ご令嬢のお気に召すまま』ではなく、『没落令嬢はお気に召さないまま』とかだろう。

父さんが準男爵の称号を持っていたので、ギリギリ私も令嬢と言えなくもない。準男爵と言っても、爵位を引き継いでいないからいずれ庶民になってしまうけれど。

寝る前の日課をこなすことにする。

父さんから教えられた魔力操作を高める瞑想だ。

ソファから立ち上がり、目を閉じ、両手を広げる。

魔力ナシの私がやって意味があるのかと言われたら、ほとんどの人が「無意味だ」と言うだろう。

それでも、鑑定士になるための訓練は、私を現実世界へつなぎとめてくれる気がした。

○

翌朝、出勤すると、ゾルタンが待ち構えていた。

引きずられるようにして会長室に連れていかれる。

「おまえとの婚約を破棄する」

「……はい？」

彼の手から婚約破棄届の用紙がひらりと落ちる。

「さっさとサインをしろ」

「……」

突然のことに、何も考えられずに呆然と彼の顔を見つめることしかできなかった。

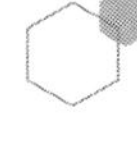

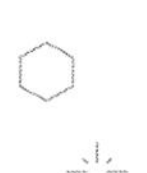

私はゾルタンに連れられ、馬車で王都役所へやってきた。

「こちらが証明書でございます」

女性職員が丁寧な口調とともに、羊皮紙を渡してきた。

中を開くと、婚約破棄の日付が刻印されている。

これでゾルタンと他人……。

あっけないものだ。

なくさないよう、羊皮紙を肩掛けバッグにしまった。

「証明書の再発行には一万ルギィかかります。紛失にはご注意ください」

女性職員がゾルタンと私の目を見る。

ゾルタンが何も言わないので、こくりとうなずいておいた。

「では、婚約破棄の代金として五万ルギィをいただきます。お支払いは小切手になさいますか？」

「現金だ」

支払いになると、ゾルタンが素早く口を開いた。

流れるように財布から五万ルギィを出して、女性職員が差し出した革製の支払いトレーに置く。

受付から少し離れると、ゾルタンが私を無機質な目で見つめた。

「オードリー。おまえの支払いである二万五千ルギィは貸しだ。給料から引いておく」

「……そうですか……」

きっちり割り勘にするゾルタンにあきれてしまう。

勝手に婚約破棄をしておいて、ひどい言い草だ。

父さんが聞いたら魔法で吹っ飛ばすに違いない。

続けて、持っていた鞄から書類を取り出して、ソファに座っていた私の膝にばさりと落とした。

「明日からおまえは婚約者の手伝いではなく、ただの社員だ」

「……どういうことでしょうか？」

「役立たずのおまえを使ってやるという意味だ。すぐに察しろ」

書類に目を通すと、雇用形態が記載してあった。

月給十万ルギィ。

週一回休み。

残業あり。

この五年間続けてきた条件とまったく同じだ。

いざ文字で見ると、自分の働いてきた環境がいかに最低かがわかる。

一生この生活を続けるのかと思ったら、暗い穴の中へ落下していくような、冷たい浮遊感が全身を駆けた。

「おまえの父親と、うちの父がどうしてもと頼み込んだから婚約してやった。高名なAランク鑑定士、ピーター・エヴァンスの名があったから受けた結婚であると言うのに、まさか死ぬとは。使えんな」

何の感情もなく、物を紛失したような口調でゾルタンが言う。

「おまえみたいな地味で貧相な女、男は誰も結婚したがらん」

「……」

「おまえの父親の名前は婚約者として大いに利用させてもらった。もう、用はない」

ゾルタンが冷徹な表情でこちらを見下ろしてくる。

「魔力ナシのおまえは一生役立たずだ。二十一歳、陰気で地味な女。就職先も限られる。死ぬまでうちで使ってやるからありがたく思え。明日までにサインしてこい」

ゾルタンは私の持っている書類の一番下を指で叩いた。

雇用形態をすべて遵守するという契約書になっており、サインをすればカーパシー魔宝石商の社員となる。一生、逃げられなくなる。

書類をぼんやり眺めていると、役所の入り口からやけに明るい声が響いた。

「ゾルタン様！」

顔を上げると、露出度の高いドレスを着たドール嬢が、足早にこちらへやってきた。

ドール嬢は天に昇らんばかりの嬉しそうな笑顔でゾルタンの腕を取った。

よく手入れされた赤髪がふわりとなびく。

「無事に婚約破棄はできましたの？」

「問題なく処理された」

「ああ、ようやくですのね！」

ドール嬢が大きな胸をゾルタンに押し付け、口の端を歪めて私を見下ろした。

「私とゾルタン様は両想いだったの。ごめんなさいねぇ」

くすくすと彼女が笑う。

「Cランク鑑定士で美人な私と、魔力ナシの陰気女。どちらがいいかなんて、愚鈍なあなたでも理解できるわよねぇ？」

……そういうことか。

私に隠れてゾルタンとずっと付き合っていたわけだ。

婚約中に浮気が露見すると罰金になるから、バレないように立ち回っていたと。

ひどい人たちだ。

「……」

何も言わない私を見てドール嬢は勝ち誇ったように笑った。

「仮婚約者って意味、やっとわかったかしら？」

そう言って、ゾルタンに身体を密着させた。

ゾルタンは嫌がるでもなくドール嬢の腰に手を回すと、何も言わずに彼女を連れて、さっさと役所から出ていった。

私はしばらくソファから立ち上がることができなかった。

◯

職場には戻らず、大通りを歩いて家に帰った。

脳裏に浮かんでくるのはゾルタンの冷徹な目と、ドール嬢の高笑いする顔だ。

いくらなんでもひどすぎる。

人を人と思ってないのかな、あの二人は？

リビングのソファにバッグを投げて、アトリエに向かう。

とにかく、一度落ち着きたかった。

一面ガラス張りのアトリエは庭の前に位置していて、昼下がりのやわらかい日差しをいっぱいに取り込んでいた。

作業台には時が止まったかのように、父さんが最後に使っていたジュエルルーペと資料本が置かれている。

壁には鑑定士が採掘に使う様々な道具がかけられ、鉱物、鉄製品、薬草の独特な香りと静謐（せいひつ）な空気に、心が洗われた。

「……」

作業台の椅子がぽつんと置かれている。

生前は父さんの背中がそこにあった。

仕事中に話しかけると叱られたけど、決して怒鳴ったりはされなかった。

何時間も魔宝石を鑑定し、飽きることなく手帳に採掘の情報を書き記していた。

仕事が大好きな人だった。

父さんは父さんなりに、私を愛してくれていたように思う。

無口で無愛想だからよくわからないけど、たぶん、きっとそうだと思う。

本当は本人の口から聞きたかったよね。まあ、父さんが「愛してる」とか、そういった気の利いた言葉を言うはずもないんだけど。

「……父さんに会いたい」

無精髭をじょりじょりと触りたい。

父さん……なんで死んじゃったんだろう。

私より先に死ぬなんて……悲しいよ……。

作業台を指でなぞり、首にかけた革紐を引いて、欠けた水晶をシャツの中から出した。

水晶がきらりと光る。

半分に割れた水晶（クオーツ）は十三年が経ったいまでも、美しさを失っておらず、宙にかざすと光を反射させた。

「父さんはなんで……私が鑑定士なれると思ったんだろ？　なんでずっと勉強と訓練を教えてくれ

たんだろう」

無愛想な父さんの顔を思い出す。

――どの石にも物語がある。

――出逢いを大切に。

石に物語がある。そう言った父さんの言葉が、いまは虚しく心に響く。

大切にしたい出逢いなんて一つもないよ。

「……ッ」

もう一度父さんの顔を思い浮かべたら、ちょっと泣きそうになってしまい、我慢した。

水晶を握りしめる。

こんなとき、『ご令嬢のお気に召すまま』の主人公だったら、家を飛び出して、自由に生きると宣言するんだろう。ゾルタンに契約書を突き返して、私は好きに生きていくからもうかかわらないで、と言ってやるに違いない。

想像するだけで痛快だ。

小説と同じで、想像の世界なら私は自由だった。

「……想像なら言いたい放題言えるんだけどね……」

自分の自信のなさに苦笑してしまう。

言いたいことを言うのは難しい。

ふと、父さんの作業台を見ると、資料本が目に入った。

「……古代語の本……」

そういえば、父さんは古代語を学んでおきなさいと、よく言っていた。

二千年前に滅びた文明の言葉だ。

採掘に行った際、古代語が思わぬ発見につながったりするんだと、お酒に酔って饒舌になった父さんが熱弁していた。

そんな父さんに触発され、魔力がないなら知識を蓄えようと古代語を勉強したけど、役に立つ場面はまったくなかった。むしろ、古代語がしゃべれると言ったら、ドール嬢と職場の人たちに変人扱いされた。

「……古代語、面白いんだけどな」

立ち上がって、窓際へ歩く。

昼下がりの陽光が当たり、手を開くと水晶（クオーツ）が小さな光を反射させ、散らした金粉のような光粒を作り出す。

ふと、小説の一シーンを思い出して、口を開いた。

『私と契約しろ……力をよこせ』

古代語で言ってみた。

小説の第三章、ご令嬢が傭兵団の団長に言うセリフだ。

あのシーンは第三章の山場であり、カッコよくてしびれる言葉だった。

「……あのご令嬢みたいになれたら苦労はないいんだよ」

乾いた笑いが漏れる。

やっぱりダメだ。どんなに想像したところで、自分の意思を強く他人に伝えることはできそうもない。

あのゾルタンに、「私は好きに生きていくからもうかかわらないで」なんて、とてもじゃないけど言えそうもない。

それに、別の職場で働くとしても、採用される自信がないし、採用されたらされたでゾルタンが私のことを捜しにきそうで怖い。

ならどうすればいいのか？

わからない。

このままだと、あの書類の条件でカーパシー魔宝石商の従業員になるしかない。

「……父さん……私、どうしたらいいんだろう？」

手に持っている水晶（クォーツ）に視線を落とした。

――そのときだった。

『……ねえ…………える？』

どこかから声が聞こえた。子どもの声だ。

背筋がぞくりとした。
顔を上げて、アトリエを見回す。
誰もいない。
引き込んでいる水の音が微かにするだけだ。
『……っち……呼んでおいて……ねえ……』
声の方向を見上げる。
宙に小さな光が集合していた。
これ、何?
光が明滅して、ポンと音を立てた。
「……!」
目の前には虹色に輝く羽を背につけた、手のひらサイズの少年が浮かんでいた。
「…………精霊?」
『やっと見つけてくれた。ぼくと契約するんでしょう?』
小さな精霊が、屈託のない笑みをこちらに向けていた。

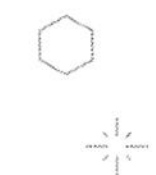

虹色の二枚羽、尖った耳、端整な顔立ち、小さな体軀——。

その姿は伝承に残っているけど、誰も見ることのできないと言われている、精霊そのものだった。

ちょっと待って。こんなことってある……？

私なんかが伝承の存在である精霊と邂逅するとか、あり得なくない？

眼鏡を外して、度がおかしくなってないか確認しよう。

視力、悪い。

でも、精霊さんは目の前でふわふわ浮かんでいる。

『あっはっは、びっくりした？』

見間違いじゃない。本物の精霊だ。

けらけら笑っている声も可愛らしい。

とりあえず眼鏡、かけ直そう。

精霊さんは氷の上を滑るように飛び、アトリエを一周して顔の前で止まった。

『オードリー、いい名前だよね。前から思っていたんだ』

彼、と言っていいのか、精霊さんがニコリと笑う。
繊細な刺繍の施された袖口が広がった服を着ている、中性的な見た目だ。
オパールのような七色の瞳に、思わず見惚(みと)れてしまった。
『ずっと水晶(クオーツ)を大切にしていてくれたものね。ありがとね～』
精霊さんが水晶(クオーツ)の欠片を握っている私の手に乗る。
水晶(クオーツ)を大切に？　どういう意味だろう。
とにかく、しゃべるなら古代語、だよね？
『……えっと……はじめまして、精霊さん』
『わあ、古代語が上手だね。本当に君は努力家だよね。えらいえらい』
精霊さんが小さな手を宙に伸ばし、私の頭を撫でる振りをした。
あまり褒められたことがないから、なんだか嬉しい。
『毎日欠かさず勉強と訓練をしていたものね』
『……私のこと、見ていたの？』
『水晶の精霊だよ。当たり前じゃん』
精霊さんが小さな手を広げて、やれやれと肩をすくめてみせる。
仕草がとてもキュートだ。癒やされる。
『ねえ。契約のためにぼくを呼んだんでしょう？』
彼がまた顔の前まで浮かんできて、じっとこちらを見つめてくる。

精霊は超常の存在だ。

文献に記載された伝承によると、嘘を心から嫌うらしい。

どこかの国の王様が精霊を怒らせてしまい、国が一夜にして消滅したという伝説もあるくらいだ。

嘘はつかず、正直に話そう。

『実はね、わからないまま言ってしまったの。ごめんなさい』

『そっか〜、それは仕方ないね。で、契約する？』

あっけらかんとした口調で彼が笑う。

『契約ってどういうことなの？』

『対価を差し出すと、ぼくの魔力が使えるようになるよ』

『魔力が？』

私の反応に気を良くしたのか、彼がくるりと一回転した。

『君が水晶を大切にしていたから……魔力回路（パス）はかなり太くなるんじゃないかなぁ？』

『魔力回路（パス）ってなに？』

わからない単語と状況に、不思議と気分が高揚してきていた。

精霊さんが私の眼鏡を強引に下へズラして、目を覗き込んできた。

『やっぱりオードリーの瞳は綺麗だね。深紫色で、アメジストみたいだよ』

『……ありがとう』

頬が熱くなった。

『いい人生を送ればもっとキラキラになりそうだねぇ……うんうん、とてもいいよ』

何度かうなずくと、彼が顔前に戻り、大きくうなずいた。

私はズレた眼鏡を押し上げる。

『じゃあ――対価は目玉でいいかな？』

『……はい？』

目玉？

『魔力を貸し出す対価だよ。君の目玉がほしいんだ』

桃色の小さな唇から、とてつもなく怖い言葉が出てきた。

しばらく声を出せないでいると、彼がじっとこちらを見つめてきた。オパールのような瞳が徐々に大きくなり、飲み込まれていくような錯覚に陥った。

『どうする？　契約……する？』

『……どっちの目玉が、ほしいの？』

生唾を飲み込み、声を絞り出した。

冷静になろう。

これは千載一遇の好機だ。

精霊と契約した人間なんて聞いたことがないけど、精霊が莫大な魔力を持っているのは周知の事実だ。精霊を祀った神殿では、精霊から魔力を借りて魔除けの結界を作っていると言われている。

魔力がほしい。

片目くらい精霊さんにあげてしまおう。
きっと大丈夫だ。
隻眼の剣士とか小説によく出てくるし。
飲み込まれるような感覚が霧散し、彼が嬉しそうにくるくると回った。
『両目だよ』
びしりと親指を立てて言う精霊さん。
両目って……。
いや……そんな輝くような笑顔で言われても……。可愛いけど。
『両目はちょっと無理だよ。何も見えなくなっちゃうから』
『え？　見えるよ。何を言ってるの？』
『見える？　どういうこと？』
『目玉は君が人生をまっとうしたらもらうよ。死ぬまで使っていいよ～』
『そういうことなんだ……へえ……』
死んだら両目が彼に譲渡される。そういう類の契約か……。
これなら私にはなんのデメリットもない。
死ねばどうせ何も見えなくなる。
『聞きたいことがあるんだけど、いい？』
『うん』

『私、魔力がまったくないんだけど、それでも大丈夫なの？』

『魔力持ちの人間とは契約できないよ？』

『あ、そうなんだ』

なるほど。精霊と契約するにしても条件があるらしい。

『それに、オードリーがいい子だから契約する気になったんだ。ぼくたち魔宝石のことが大好きだし、古代語を覚えてくれたからね。ま、だいぶ臆病者なのが残念だけど』

臆病者……純粋な評価がぐさりとくる。

『じゃあ、契約するってことでいいかな？』

どんな契約でも簡単に結んではいけない。

これは父さんが口を酸っぱくして言っていたことだ。

まして今回は私の目玉がかかっている。条件の把握は必要だ。

『整理させてね。えっと……私はあなたと魔力回路（パス）をつないで魔力をもらう。魔力の強さは魔力回路（パス）の太さ。対価として死んだら両目を譲渡する。こんな認識であっている？』

『うん』

彼が可愛らしくうなずいた。

『では、私と契約してください。よろしくお願いします』

魔力がもらえるという現実味はまったくないけど、彼に向かって一礼した。

『はーい、契約だね』

彼は満面の笑みを浮かべると、私の知らない古代語をつぶやき、指から光を飛ばしてきた。

光が両目に飛び込んでくる。

ずきんと痛みが走り、両目をきつく閉じた。

痛い。すんごく痛い。

悶絶する痛さだよ、これ。

先に……教えてほしかった……！

水晶（クォーツ）を持っていない手で両目を押さえる。数十秒痛みが続き、霧が晴れるように痛みが消えた。

『これで契約完了だよ。よろしくね、オードリー』

『あ、うん……』

まだ目に違和感があってまぶたを開けられず、そのままうなずく。

『ぼくの名前はクリスタだよ』

『よろしくね、クリスタ』

『もう目を開けても平気だけど？』

そう言われ、そっと両目を開けた。

眼鏡越しにクリスタの可愛らしい顔が見えたが、いつもと違う視界にちょっと気持ち悪くなる。

変だと思って眼鏡を取ると、クリアな視界が広がった。

「あ……あれ……？」

眼鏡なしで、物がはっきりと見える。

数メートル先もぼやけるほどだったのに、視力が上がっているみたいだ。これも契約したおかげ？　アトリエで栽培している薬草の葉脈までくっきりと見える。

『眼鏡はいらないよ。邪魔だからね』

クリスタが何でもないことのように言う。

「……見える」

興奮してしまい、父さんの作業台に置いてあった古代語の本を開いた。

小さな文字がはっきりくっきりと読めた。

「裸眼すごい。本を離しても読める」

これなら文字の小さな小説も目を凝らさずに読める。

夜中でも結構見えそうだから、魔道ランプの節約もできそうだ。

『それよりもさ、魔力の流れが見えるんじゃない？　ほら、オードリーって、死んじゃったお父さんみたいに鑑定士になりたかったんでしょう？』

本をぱらぱらとめくっている私を見て、彼が嬉しそうに言った。

『オードリーの魔力回路(パス)は歴代契約者たちの中で一番太いよ』

「――ッ！」

私は弾かれるようにして顔を上げた。

そうだよ。魔力だよ。

魔力があれば魔宝石が鑑定できる。

そうすれば、憧れだった鑑定士になれる。

『あれだけ練習してたんだから、すぐに使いこなせるはずだよ』

『ちょっと試してみる！』

転がるようにしてアトリエの隣にある、魔宝石の保管部屋へと走った。

〇

厳重に閉じられている扉を開け、魔宝石の保管部屋に入った。

父さんはほとんどの魔宝石を相棒であった魔道具師に預けており、部屋に残っているものはわずかだ。

魔道具師の方からは、お礼の手紙とともに、新規開発した魔道具が送られてくるので、父さんの採掘した魔宝石を有効活用してくれているようだった。人の役に立つ魔道具の開発は父さんの目指すところでもあったし、天国にいる父さんも喜んでいるに違いない。

「解錠のダイヤルは私の誕生日……っと」

保管部屋の中央に置かれている、ガラスケースの鍵を解錠する。

『オードリー！　綺麗な魔宝石だねぇ！』

『父さんが大切にしていた魔宝石だよ』

ダイヤルロックを外し、ガラスケースをそっと床に置く。

クリスタが目を丸くして、鎮座している魔宝石の上をくるくると飛ぶ。

真紅の魔宝石。

燃えるような赤色、偏菱（へんりょう）二十四面体、重さは6カラット。

〝炎雷の祝福（トールブレス）〟と名付けられた魔宝石だ。

父さんが準男爵位を叙爵するきっかけになった一品でもあり、私が生まれる少し前に採掘したものだそうだ。

落雷を呼ぶ魔力を内包している〝炎雷の祝福（トールブレス）〟は世界に一つしかない貴重な魔宝石だ。

売れば王都で豪邸を買えるだろう。

父さんはこの魔宝石だけは何があっても売ろうとしなかった。

相当な思い入れがあったらしく、何度か聞いたけどその理由は教えてくれなかった。

私は〝炎雷の祝福（トールブレス）〟を慎重にアトリエへ運び、作業台に置いた。

『どう？　魔力の流れは見えるかい？』

『ちょっと待って。緊張してるの』

小さい頃から、ずっと夢見てきた魔宝石の鑑定だ。

心臓が痛いくらいに跳ねている。

『緊張なんていらないのに～』

クリスタが本の縁に腰掛けて、脚をぶらぶらさせる。

父さんからは鑑定士になるための課題を与えられていた。

〝炎雷の祝福（トールブレス）〟に内包されている含有物をすべて答えろ、というものだ。

これができれば一人前――。

魔力の流れが見えない私に鑑定など不可能だったのに、課題を与えるなんて、父さんが何を考えているかわからなかった。

まさかこうなることを予期していたのかな……？

わからないことだらけだ。

「……よし」

作業台の引き出しからジュエルルーペを取り出し、深呼吸をして、〝炎雷の祝福（トールブレス）〟を目の前に移動させる。

『いつもやってる瞑想みたいに集中して、瞳に魔力を集めるんだよ』

『わかった』

身体の力を抜くと、全身にじわりと流れる何かを感じた。

『熱いものを感じるんだけど……これが魔力？』

『そうだよ～』

『そっか……これが……』

涙が出そうになるが、どうにかこらえる。

瞳に魔力を集め、片目をつぶってジュエルルーペを覗き込んだ。

「……ああ……」

今まで見てきた景色との違いに感嘆のため息が漏れる。

星雲のように光粒が散り、渦を巻き、ゆっくりと移動している。

……これが魔力……。

なんて綺麗なんだろう……。

魔力の流れが見えなければ、鑑定士にはなれない。こんな違いがあるなら当然だ。

以前は、光の反射しか見えなかった。

それだけでも十分に美しかったけれど、魔力の渦は見ているだけで吸い込まれそうになる。

生物の根源的なもの……魂などがもし存在するなら、そこに直接話しかけられるような気さえする。

『どう？　見える？』

クリスタが楽しそうに聞いてくる。

〝炎雷の祝福（トールブレス）〟から目を離さずに、深くうなずいた。

『さすがオードリー。もう夢中になってる』

くすくすと笑い、クリスタが近くにきて〝炎雷の祝福（トールブレス）〟を覗き込んだ。

魔力の流れを追っていく。

深く、深く、見つめる。

魔力は多層になっており、熟練の鑑定士はどこまでも深く潜ることができる——何度も本で読んだ内容だ。

〝炎雷の祝福（トールブレス）〟を構成している主な石は、炎の神が落としたと言われる炎鉱石と、雷の神が気まぐれで作ったと言われる雷鉱石が長い年月と、膨大な魔力によって溶け合ったものだ。

残りの一割は魔力を帯びた特殊な水晶（クオーツ）で構成されているようだが、その解答だとハズレである。

別の物質が眠っている。父さんはそう言っていた。

『魔力に身をゆだねるんだよ。そうすれば、もっと深くまで潜れるよ』

クリスタが横から助言してくれる。

私は私自身を〝炎雷の祝福（トールブレス）〟の中へ飛び込ませるイメージで、もっと深い場所を見ようとした。

身体が宙に浮いて、真紅の魔宝石へと意識が沈んでいく。

夜空を浮遊するような感覚になり、数秒か、それとも数十分か、時間の流れが曖昧になった頃に、深層へと到達した。

〝炎雷の祝福（トールブレス）〟の深層では、二つの輝きが、炎と雷をつなぎ合わせるようにして、架け橋を作っていた。

今まで何度も見て、鑑定の練習をしてきたその物質は、ひと目見ただけで何かわかった。

一つは上品な紫色をしたアメジスト。

もう一つは燃えるような赤色のガーネット。

二つの鉱石が仲人のように炎と雷の間を取り持っているようにも見える。

そっか……〝炎雷の祝福（トールブレス）〟はアメジストとガーネットが微量に混入したことによりできた、天文学的な数値の確率で生成される、奇跡の魔宝石だったのか……。

世界に一つしかない理由もよくわかる。

人工的に作るのは不可能だ。

「……ふう」

息を吐いて、ジュエルルーペから目を離す。

視界がアトリエへと戻ってきた。

〝炎雷の祝福(トールブレス)〟とジュエルルーペを作業台に置いた。

『見えたかい？』

クリスタが笑顔で聞いてきた。

『うん。父さんの課題の答えがわかったよ……アメジストとガーネットだった』

『最初から魔力を使いこなすなんて、オードリーは才能があるね』

『そんなことないよ。全部、クリスタと契約したおかげだよ。本当にありがとう』

心から感謝してクリスタに頭を下げる。

『アメジストとガーネットかぁ……君のお父さんはよほど君を愛していたみたいだね』

『ん？　どういうこと？』

『語源だよ』

クリスタが〝炎雷の祝福(トールブレス)〟を指でつつきながら言う。

「……あ……」

私の名前、オードリーの語源は、古い言葉で『高貴(aethel)』『力(thryth)』をかけ合わせたものだ。

一方で、アメジストは『高貴』、ガーネットは『生命力』を意味する。

「そっか……父さんは……私の名前を……」

ほとんど笑わない無口な父さんが微笑んでいる気がし、目頭が熱くなってくる。

これは父さんのメッセージだ。

大切な魔宝石から、私の名前を付けてくれたんだ。

高貴であれ。力強くあれ。

父さんがなぜ〝炎雷の祝福(トールブレス)〟の鑑定ができたら一人前と言っていたのか、ようやくわかった気がした。

これは、鑑定士として、娘として、私がどう生きればいいかの言葉なんだね。

多分、直接言うのが恥ずかしいから、わざわざ課題にしたんだろうな……。

父さん……本当に不器用な人だね……。

『オードリー、泣いてるの？』

『……ううん……笑ってるの。うちの父さん、無口だったからさ』

私はクリスタに笑ってみせた。

『え～、泣いてるじゃん』

笑っているのに瞳が燃えるように熱くて、涙が止まらない。

ぼろぼろと涙がこぼれ、頬を伝う。

母は私を産んですぐに亡くなってしまった。父さんはつらかっただろう。

私には、ずっと元気でいてほしいと願ったに違いない。
きっと、色々な意味がオードリーには込められている。
この魔宝石のように、輝きのある人生を送ってほしいという願いも……。
「よし……生きよう……私は、生きなきゃ……！」
涙を拭いて、顔を上げる。
私は私らしく、生きてみたい。
クリスタが滑るように飛んできて、微笑みながら聞いてきた。
『君の夢はなんだい？』
『私の夢は……鑑定士になること』
『したいことは？』
『自由に生きたい。一人で魔宝石を採掘して、鑑定して、生計を立てたい』
心の隅でくすぶっていた願望が、口から滑り出てくる。
そうだよ。
私はもっと自分らしく生きたいんだ。
あの小説の主人公のように。
『いいねいいね、それから？』
『世界中にあるすべての石を鑑定したい！』
『世界中ってすごいじゃないか！』

クリスタがなんて素晴らしい目標なんだと、ぱちぱちと手を叩いてくれる。

『すごいでしょ？　私、石が好きなんだ』

『ぼくもオードリーが好きだよ』

『ありがとうクリスタ。本当にありがとう。私、あなたと契約できてよかった。あなたと出逢えてよかった』

『どういたしまして』

クリスタがにこりと笑う。

あきらめていた未来が、突然目の前に現れたような気分だ。

父さんみたいな、立派な鑑定士に私もなるんだ。

『これから人生を楽しんでね～。キラキラした目玉がほしいからさ！』

『……善処するよ。ふふっ』

愛くるしい顔でまた怖いことを言われ、つい笑ってしまう。

自分の名前に負けないように、父さんのような立派な鑑定士になれるように、これから未来への道を進んでいこう。

この日を境に、私の物語が大きく動き始めた。

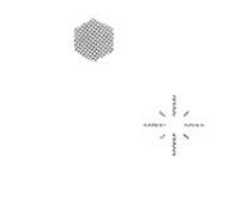

4

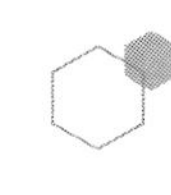

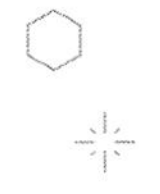

翌日、人生で初めて仕事をサボった。

サボり。そう、サボりだ。

私にとって重大事案なので二回言ってみた。

出勤時間が近づくにつれて胸がドキドキしたけど、過ぎてみればなんてことはない。

向かいのパン屋さんでベイクドチーズドーナツと五種サラダのガレット巻きを買い、たっぷり時間を使ってアトリエで朝食を摂ると、ああ、今まで何かに追い立てられるようにして出勤していたのはいったい何だったんだろうかと思えてくる。

『どーなつ、おいしいねぇ！』

クリスタが虹色の羽を揺らし、もりもりと食べている。

小さなほっぺたがドーナツで丸くなっているのが可愛い。

目玉をほしがる精霊には見えないんだよなぁ……。

朝食を済ませて外に出る。

屋根を見上げれば、水晶屋根に小さな虹ができていた。

裸眼で見る世界はとても美しかった。

『いい家だね』

肩に座っているクリスタが目をぱちぱちと開閉した。

聞けば、クリスタは私以外には見えず、声も聞こえないらしい。

『私もそう思うよ』

通行人に変な目で見られないように小声で返しておく。

古代語で独り言をしゃべっている女とか、変人扱いされかねない。

ゆっくりと、大通りを進む。

ラピス王国は犯罪率も低く、王都は観光地としても有名だ。

王都の街並みは、歴史的な観点と美術的な観点から見て大変に価値のあるもので、整然と区画整理されたレンガ敷きの並木道と、要所に施された石像などの美術品が、街に気品を与えている。また、舗装された道は馬車の揺れが少なく、他国の使者が羨むらしい。

十分ほど歩いて商店街に入った。

『みんな忙しそうだね』

クリスタが賑わう店を指さした。

商人が大声で呼び込みをし、それに反応した主婦らしき女性が集まっている。

『買い物をしてるんだよ』

『へえ、前の契約者は海の街だったからなぁ。ここはここで面白いね』

ふわふわと宙を飛び、クリスタがにこりと笑う。

昨日は色々と質問攻めにしたけど、前の契約者のことについては聞いても教えてくれなかった。

わかったのはクリスタが水晶精霊ということぐらいだ。

すれ違う人も多くなってきたので、笑顔でうなずくだけにし、目的地のメルゲン書店に向かった。

『眠いからポケットで寝てるよ〜』

クリスタが大きなあくびをして、ワンピースのポケットに潜り込んだ。

不思議なことに、服の上から触っても何も感じない。

手のひらでそっと押すとポケットが潰れた。

中にはいるけど、物質の干渉を受けない……ということ？

原理を知りたいところだ。

気を取り直して、書店の大きな扉に手をかける。

メルゲン書店はカフェテラスが併設されためずらしい本屋で、観葉植物が所狭しと置かれている。

元造園業の店員によって改造されてから、王都で一躍大人気の店となった。

カラン、と入店を知らせる鈴が鳴る。

私は本屋の奥にある従業員口へと向かった。

店員の女性がこちらを見て、一礼した。

「あ、オードリーさん。モリィさんなら店長室にいますよ」

「ありがとうございます」

礼を言って、従業員口から通路を通り、店長室のドアをノックした。

親友であり、小説の趣味友（しゅみとも）であるモリィとはもう十年来の付き合いだ。

「はーい、どうぞ」

明るい声が響いた。

仕事をサボったと伝えたら、モリィはなんて言うだろうか。

「失礼いたします」

驚く彼女が見たくて、従業員っぽく返事をし、入室した。

暖色でまとめられた室内の執務机にモリィが座り、書類を読んでいた。

黒髪のボブカット、耳につけたトパーズのピアスがよく似合っている。年齢は二十二歳。モリィはその魅力からか、男女問わず人気者だった。

「今、手が離せないの。少し待ってね」

「かしこまりました。お待ちしております」

神妙な調子で返すと、私の声に気づいたモリィが顔を上げた。

「え、オードリー？　やだ、ちょっと、言ってよ」

モリィの大きな瞳がくしゃりと横に広がる。

「驚かせたくて」

「こんな時間に来るなんてめずらしい。あれ、眼鏡は？」

モリィが素早く立ち上がって、私の顔を観察してくる。

「実は色々あってね。何から話せばいいのかわからないんだけど……少し時間もらえる？」

「それはいいけど……仕事は平気？」

「サボったよ」

「えっ?!」

モリィが空から魔宝石が降ってきたと言わんばかりに驚き、一歩引いた。

「何度辞めろと言っても出勤し続けた頑固者が！　サボり?!」

「私ってそんなに頑固者かな？」

「頑固者なのはお父さん譲りでしょ」

「……親友に向かってひどくない？」

「オードリーだって遠慮なく言ってくるじゃない。お互い様よ」

「まあ、そういうことにしておこうか」

私たちは見つめ合い、笑顔を交換した。

「では親友の記念すべき初サボりに、とっておきのコーヒーを奢ってあげる。テラスに行きましょ」

モリィに連れられてカフェテラスへ移動した。

午前九時半ということもあり、店内は空(す)いている。

席について奥を見ると、ガラスの向こうに書店が広がっていた。

本とカフェ……なんて最高の組み合わせだろうか。

モリィがウエイターに注文をすると、十分ほどでコーヒーが出てきた。

「ラピスマウンテン。オードリーが飲みたがっていたものよ」

「これが……」

カップに顔を近づける。

なんともいえない芳醇な香り。ため息が漏れる。

ラピスマウンテンはラピス王国で一番標高の高い山で栽培されている、めずらしいコーヒー豆だ。高級品なんだよね。カフェで注文すると、一杯二千ルギィくらいする。

「お代は気にしなくていいよ。この間、古書の整理を手伝ってもらったから」

モリィが白い歯を見せてウインクしてくる。

「そういうことなら、ありがたく」

カップを手に取り、ラピスマウンテンを一口飲んでみる。

独特な香味が口に広がった。苦みは少なく、フルーティーな香りがする。五秒ほどすると、味わいが変化し、喉を通過したあとも、しばらく余韻が残った。

「はあぁぁ〜〜っ……サボって飲むコーヒー……至高だ……」

あまりの幸福感に、鼻から長い息が漏れた。

「やだ、笑わせないで」

モリィがラピスマウンテンをこぼしそうになり、ハンカチで口元を拭いた。

「それで？　何があったのか聞かせてくれる？」

大きな瞳を輝かせ、モリィがこちらを見てきた。

静かにうなずき、昨日の出来事を詳細に説明することにした。

◯

ゾルタンと婚約破棄したこと、ドール嬢が裏で付き合っていたこと、月十万ルギィで契約を持ちかけられたこと、魔力を手に入れたこと、視力が上がったこと――。

話し終わる頃には、コーヒーはすっかり冷めていた。

ちなみにクリスタによると、精霊と契約した話をしても『契約した事実を認識されない』らしい。

つまり、いくら私が「精霊と契約した」と言っても、誰も信じてくれないということだ。

ある意味寂しくはあるが、ついうっかり話してしまったとしても、秘密が漏れることはない。契約者が変なしがらみに巻き込まれないための処置だそうだ。

安心設計で助かる。面倒事は避けたい。

話し終わり、冷めたコーヒーを飲み干した。

久々に長話をして喉が疲れた。

「それで、これからのことについてモリィにアドバイスをもらおうと思って。どう動くのが一番いいのか、自分だと判断できないいんだよね」

「その前にゾルタンぶん殴ってきていい？」

モリィの第一声はそれだった。

こめかみに血管を浮かせて唸っている。

やっぱりそうなるよね……。

「私は気にしてないから、落ち着いて」

「女好きの守銭奴……許せん」

「向こうは男爵だからあまり言わないほうが……ほら、落ち着いて。ね？」

「オードリーはお人好しすぎ」

「今思えばさ、あの人と私の結婚が実現するはずなかったんだよ。冷静になればわかったのにね」

婚約破棄から一夜明け、夢から覚めたような自分がいる。

ゾルタンが私と結婚？

するわけがない。

「五年も婚約しておいて破棄するとか、女を舐めてるとしか思えないわ」

「二年目くらいで気づくべきだったよね……」

今の気持ちとしては、怒りとか恨みより、ゾルタンにはもうかかわりたくないというのが本音だ。

なんというか、彼と私は違いすぎる。お互い理解し合うなど無理な気がする。

不意に、ゾルタンのつけている香水の匂いを思い出し、もやっとした気分になった。

結構多めに香水をつけてたよね、そういえば。

空になったコーヒーカップを顔に寄せ、ラピスマウンテンの残り香を嗅いでおいた。いい匂いだ。

浄化される。

「いきなりカップをくんくん嗅がないでよ」

「あ、そうだね」

カップをソーサーに戻す。

「まったく……変なところでマイペースなんだから」

モリィが握っていた拳の力を緩めた。

「で、今後の話が重要ってことね。オードリーはどうしたいの？」

「私は鑑定士になりたい」

驚くほどすんなり言葉が出てきた。

モリィは私を見て、笑みを作った。

「よかったわね、魔力が手に入って……。あなたのお父さんが起こしてくれた奇跡だよ」

「うん……ありがとう」

「これで夢の鑑定士だね」

「試験があるのに気が早いよ」

「あなたなら大丈夫。親友の私が保証するわ」

万感の思いが込められた微笑みをモリィが送ってくれる。

モリィとは十歳の頃に知り合ってからずっと友達だ。

性格は真逆な気がするけど、かえってそこがいいのかもしれない。お互い自分にないところに惹かれ合っている……と私は勝手に思っている。

「オードリーが誰よりも努力してきたのは知っているから本当に嬉しいわ」

「でもさ、鑑定士になったとして……やっていけるかな？」

「できるでしょ。というかオードリー、あなた自分を過小評価しすぎだから」

「そんなことないよ」

「そんなことあるの」

やれやれとため息をついて、モリィが首を振った。

「カーパシー魔宝石商でやっていた仕事、はっきり言って月収六十万ルギィの業務内容だからね？十万ルギィとか搾取よ、搾取」

「そうは思えないんだけど」

モリィからはずっと「仕事量がおかしい。給与と見合っていない」と言われ続けてきた。

「六十万は言い過ぎだと思うよ。まあ、せめて手取りで二十五万はほしかったけどね」

はぁ〜、と大きなため息をモリィが吐いた。

「社員のシフト管理、給与計算、大量の事務処理……ついでに鉱石の簡易選別までしてたんでしょう？　ほら、ドール嬢とかいうCランク様の尻ぬぐいよ。そんなものしなきゃいいのに」

モリィは石磨きのときに、ドール嬢の選別ミスをこっそり弾いていたことを指摘している。

「間違いは直さないと……ね」

「あなたは優秀なの。事務仕事をバリバリこなして、鉱石の簡易選別までできるとか、普通の事務員じゃないからね。というかそもそも、仕事量おかしいから」

「残業すればできるよ」

「それにしたって仕事のしすぎよ。オードリーがいなくなったらあの商会、潰れるんじゃないの？」

「さすがにそれはないよ」

大商会であるカーパシー魔宝石商が潰れるなどあり得ない。

「今頃、オードリーがいなくて大騒ぎになっているでしょうね。ざまぁないわ」

モリィがカーパシー魔宝石商の方角を見て笑った。

うーん……ドール嬢が私のサボりに対して大騒ぎしている気はするけど……。

「誰にでもできる仕事だけどなぁ……」

「はぁ～」

なぜか、モリィが深々とため息をついた。

「ま、いいでしょう。それで、今後の話ね」

「うん。お願いします」

「まずは現状把握ね」

モリィが真面目モードに入った。

若くして両親から書店経営の全権を譲り受けた彼女だ。

私が鑑定士としてやっていくための、最善策を導き出してくれるに違いない。

モリィと相談し、まずは鑑定士の試験を受けることにした。

『これからどうするの？』

王都の街並みを見ながらクリスタが聞いてくる。

『鑑定士ギルドに行くよ』

小声で伝え、メルゲン書店を出たその足で鑑定士ギルドへ向かう。

鑑定士ギルドは証明書の発行や、依頼のやり取り、預金サービスなども行ってくれる、鑑定士になくてはならない存在だ。

もし鑑定士になれたら、併せて個人経営の鑑定士として開業申請をするつもりだ。

父さんの屋号である『エヴァンス鑑定事務所』を引き継げばいいじゃない、というのがモリィの助言だ。確かにそれが一番手っ取り早い。

鑑定士ギルドに入り、受付嬢に声をかけた。

「すみません……。鑑定士試験を受けたいのですが……」

ああ……心臓がばくばくしてきた……。

試験、大丈夫だろうか。

「かしこまりました。こちらの書類にご記入をお願いいたします」

制服を隙なく着こなしている受付嬢から書類を受け取り、記入台でペンを走らせる。

彼女が私の名前を見て、何かを思い出した顔つきになった。

「オードリー・エヴァンス嬢……。Ａランク鑑定士ピーター・エヴァンス様と繋がりがおありでしょうか？」

「あ、はい。僭越ながら……私の父です」

「少々お待ちくださいませ」

受付嬢が少しあわてた様子で裏の事務所へ入り、五分ほどで戻ってきた。

「大変失礼いたしました。三時からになりますが、このまま受けられますか？」

「はい。お願いします」

腹はくくってきた。

女は度胸、と言ったモリィの言葉を思い出す。

試験勉強は参考書に穴が空くほどやってきた。筆記問題には自信がある。

よし。行くぞ。

「それではご案内いたします」

「お、お願いします」

緊張で声が上ずる。

合格率一割という狭き門。

難易度の高さから受験者が少ないため鑑定士試験はいつでも受けられるけど、不合格になると次に受けられるのは一年後になる。

一年に一回の勝負だ。

受付嬢に連れられ、二階の小部屋に通された。

○

百八十分におよぶテストが終わった。

わからない箇所は二つだけだった。

高得点になる……と、思う。

「それではオードリー・エヴァンス嬢、実技試験まで待合室でお待ちくださいませ」

「承知いたしました」

一礼して、一階の受付に併設された待合室に入る。

ワインレッドのソファが等間隔に置かれた、落ち着いた雰囲気の部屋だ。

次に行われる実技試験は正確な鑑定をするという、いたってシンプルな内容だ。

『試験終わった？』

寝ていたクリスタがポケットから顔を出した。

『まだだよ』

『ふあぁっ……終わったら教えてね』

クリスタはまたポケットに引っ込んで、消えてしまった。

集中力を高めるため、何度か深呼吸をしていると、渋みのある声が響いた。

「おや、オードリー嬢ではありませんか」

隣のソファには、柔和な顔つきに、ロマンスグレーを七三分けにした初老の男性が座っていた。

見知った顔に、ほっと安堵の息が漏れる。

「ジョージさん、お久しぶりです」

父さんが懇意にしていたベテランBランク鑑定士だ。

ジョージ・カンナギというめずらしい名前で、最東国のご出身である。黒曜石のような黒い瞳が特徴的な御仁だ。ダブルピースの上品なスーツを着ている。

ジョージさんが立ち上がり、向かいのソファを勧めてくれた。

「失礼いたします」

ソファ、ふかふかだ。

「オードリー嬢にギルドで会えるとは嬉しいですね。カーパシー魔宝石商の仕事ですかな？」

年下の私に対してもやわらかい敬語で話してくれる。

昔から優しい人だよね。

父さんが死んでからも、私の様子を見に何度か家に来てくれた。

「鑑定士試験を受けにきました」

「それはそれは……。ということは、あの職場は辞めたのですね？」

「はい。まだ言っていないのですが……合格したら辞めるつもりです」

「そうですか……ついに、ですな……。頑張ってください」

にこりとジョージさんが笑い、さらに尋ねてくる。

「合格をしたら独立するのですかな？」

「迷ったのですが、父さんの屋号を引き継ぐことにいたしました」

「うん、うん、素晴らしい。これでピーター殿にもらった恩を返せます」

ジョージさんが嬉しそうに父さんの名前を出し、口ひげを撫でた。

「独立するならば、爵位継承もしたほうがいいでしょうな」

「はい。父さんがお金を残してくれていたので、申し訳なく思うのですが、使うことにいたしました」

「オードリー嬢が使うならピーター殿は両手を上げて喜びますよ。口を開けばあなたのことばかり話していましたからね」

ジョージさんが朗らかに笑う。

「そうだったんですか？　無口な父さんからは想像もできないのですが……」

ちょっと信じられない。

「酒に酔うと、ほら」

「あ、なるほど」

ジョージさんと私は笑い合った。

父さんは酔うといつもの百倍はおしゃべりになる。

めったにお酒は飲まないんだけどね。

それからコーヒーを注文し、父さんの思い出話に花を咲かせ、仕事の話へと話題が移った。

試験前の緊張がほぐれるからありがたいな。

「失礼するよ」

ジョージさんが一度席を外し、数分で戻ってきた。

何か嬉しそうな顔をしている。いい商談でもあったのだろうか。

「試験までまだ時間がかかるそうですな。今しばらく会話を楽しみましょう」

「お時間は大丈夫ですか？」

「オードリー嬢と話せるならば、他の予定など些末(さまつ)なことです」

ジョージさんが笑い、クロコダイルの革で作った高級トランクから、台座に載せられた黄色い魔宝石を二つ取り出した。

「わあ……綺麗……」

美しい魔宝石に、思わず前のめりになってしまう。

「オードリー嬢、時間つぶしを兼ねてこの二つを鑑定してくださいませんか？」

「えっと……ジョージさんが鑑定したほうが確実かと思うのですが」

「鑑定士同士で確認し合うこともありますよ。一人の鑑定よりも二人ですからね」

「それは、かなり深い関係でないとしないことでは？」

「ピーター殿は得難い友であり、仲間でした」

私を安心させるように微笑み、ジョージさんが魔宝石を台座ごとテーブルに置く。

見たい。

鑑定してみたい。

あれこれ言ったけど、心はすでに魔宝石の虜だ。

ああ、胸のときめきが止まらない。マリーゴールドのような華やかな黄色だ。二つとも可愛い。

勝手に頬がゆるんで、にまにまと笑ってしまう。

「オードリー嬢は魔宝石がお好きなようだ」

私が食い入るように魔宝石を見ているからか、ジョージさんが笑った。

「すみません……つい……」

恥ずかしくて頬が熱くなった。

ごまかすために咳払いをし、白手袋をバッグから取り出して装着した。

「では、失礼いたします」

「どうぞ」

そっと、右の魔宝石を取る。

重さは3カラットほど。

ジュエルルーペを出し、片目をつぶって覗き込んだ。

「……綺麗な五芒星(ごぼうせい)ですね」

思わず声が漏れた。

魔力の流れが均衡の取れた五芒星を描き、真夜中に浮かぶ結界陣のように光り輝いている。

「そうでしょう？　魔力の種類を鑑定してください」

「承知いたしました」

集中して鑑定する。

深くへと潜っていく。

魔宝石の含有物と、魔力の形状を知識から引っ張り出した。

「ふう……」

ジュエルルーペから目を離す。

〝炎雷の祝福(トールブレス)〟ほどの深度はなかったので、魔力の渦から意識を浮上させた。

「もう一つもどうぞ」

「拝見いたします」

鑑定結果を伝える前にジョージさんが促してきたので、今度は左の魔宝石も鑑定する。

すぐに終わって、ジュエルルーペから目を離した。

「いかがでしたかな？」

「右の魔宝石はイエロートルマリンに発光の魔力が流れていることから、〝光彩の雫(ライトトルマリン)〟ですね。もう一つの魔宝石は……」

　言いづらくて、言葉に詰まってしまう。

「いいのですよ。はっきりおっしゃってください」

「左の魔宝石は、残念ながら魔宝石ではありません。一見、〝光彩の雫（ライトトルマリン）〟に見えるのですが、深層に存在する水晶（クオーツ）が魔力の流れを阻害しております。よって、魔宝石ではなく、鉱石のイエロートルマリンと推察いたします」

　魔宝石か鉱石かで、値段の桁が最低でも一つ変わる。

〝光彩の雫（ライトトルマリン）〟は二十万ルギィ、イエロートルマリンは一万ルギィといったところだ。

「ふむ……さすがあの人の娘さんだ……」

　ジョージさんがしきりにうなずき、そうかそうかと一人でつぶやいている。

　ちょっと不安になるので結果を教えてほしい。

「これは失礼。私の鑑定と一致しますよ」

「……まだ日が浅いので緊張しました。嬉しいです」

「おや？　手慣れているように見えましたよ」

「鉱石の選別は父さんから教わって、かなりの数をこなしてきました。そのせいかもしれませんね」

「基礎がしっかりしているようですな」

　私は父さんに言われてきた基礎をひたすらやってきた。

それが活きているのだろうか。

今回の鑑定もそこまで難しいとは思わなかった。いつもの鉱石選別に、魔力形状を掛け合わせ、知識から結果を導き出しただけだ。

だとすれば、父さんには頭が上がらない。

「この鑑定を簡単にこなしてみせるとは素晴らしいですな」

ジョージさんが笑い、立ち上がって受付へ行ってしまった。

荷物もすべて置いたままだ。

「あの……お荷物が」

彼の行動がわからず、呆然としてしまう。

とりあえず荷物番としてここにいよう。

魔宝石が盗られたら大変だ。

五分ほど経つと、ジョージさんと先ほどの受付嬢が待合室に入ってきた。

受付嬢は銀のトレーを持っている。

二人は私の前に立つと、にこりと笑顔になった。

「オードリー嬢、おめでとうございます」

受付嬢が言うので、軽く頭を下げた。

「はい……ありがとうございます……？」

「試験は終了でございます。鑑定士ギルド教育顧問、ジョージ・カンナギがあなたの合格を認可いたしました」

受付嬢が銀のトレーに置かれた、鑑定士のバッヂと証明書を差し出した。

「え？　え？」

どういうこと？

驚きでジョージさんの顔を見つめてしまう。

「おめでとう」

ジョージさんが口角を上げる。

実技試験はもっとこう、ピリッとした感じで行われると思っていたので、現実味が全然湧いてこない。

ふと、トレーに乗っているバッヂと証明書がおかしなことに気づいた。

「あの、色が違うようですが……」

鑑定士はEランクからスタートするはずだ。

Eランク鑑定士のバッヂはブロンズだが、なぜかシルバーバッヂが置かれている。

受付嬢がもう我慢できないと言わんばかりに、興奮した様子で顔を突き出した。

「さすが高名なピーター・エヴァンス様のお嬢様でございます！　筆記試験は過去最高得点でございました！」

「最高得点？」

「はいっ！　筆記問題の解答は教科書に載せたいほどの出来栄え！　大変な努力をされたのだと、

誠に勝手ながら感動しております！」

「そ、そんな……私なんかが……」

受付嬢とジョージさんを見ると、口元に笑みを浮かべている。

「実技試験も満点でございます。知識は折り紙付き。品行も問題なし。血筋は言わずもがな。よって、鑑定士ギルドはオードリー嬢をDランク鑑定士からスタートさせることがベストだと判断いたしました」

「そういうことだよ」

ジョージさんがお茶目にウインクをし、私の評価が書かれた用紙をひらひらと見せてくる。

どうやら、世間話をしながら、私を観察していたようだ。鑑定士らしいと言えばらしい。父さんもよく、相手を見極めろと言っていた記憶がある。

「……Cランクでも申し分ない実力なのだがね……」

「そうですね……。さすがにCランクスタートは他の鑑定士からやっかみの声が上がるかと思います。前例もありませんし」

ジョージさんと受付嬢が顔を寄せ合って小声で何かを話す。

「えっと……大丈夫でしょうか？　私はEランクからでもまったく問題ないのですが……」

声をかけると、二人が笑顔に戻って首を振った。

「失礼いたしました！　さ、バッヂを胸につけてくださいませ」

トレーの上にはジュエルルーペを模したシルバーバッヂがある。

憧れて、夢見てきた、鑑定士の証だ。

「本当にいいのでしょうか……？」

「もちろんだよ」

嬉しそうなジョージさんに言われ、トレーに置かれているシルバーバッヂをそっと手に取る。憧れのバッヂに胸が熱くなった。

「これで君も今日から鑑定士だ」

ジョージさんが拍手をしてくれ、受付嬢も熱い拍手を贈ってくれる。

「ありがとうございます……！　ありがとうございます……！」

ジョージさんと受付嬢に何度も頭を下げる。

私、ずっとずっとなりたかった鑑定士になれたんだ。

「本当にありがとうございます！　私、父さんのような立派な鑑定士になりたくて、それをずっと夢見ていて……。その、ほとんどあきらめていたんですけど……なんと言えばいいのか……ありがとうございます」

笑っているのか泣いているのか自分でもわからないほど、顔中が熱い。

「合格したのは、あきらめずに勉強をしてきた君自身の努力の結果だよ。胸を張りたまえ、オードリー嬢」

ジョージさんが優しく言ってくれる。

「オードリー嬢はギルド期待の星でございます！」

受付嬢が満面の笑みでまた拍手をした。

すると、ジョージさんが天井を見上げた。

「私もこれで引退できるなぁ」

「何をおっしゃいます。ジョージ様にはまだまだ働いてもらうとギルド長も言っておりますからね。覚悟してくださいませ」

ジョージさんの冗談に、受付嬢が軽快に言い返す。

そんな二人を見て、私は声を出して笑った。

心から笑ったのはいつぶりだろう。

『おめでとうオードリー！』

いつの間にか起きたクリスタが、びしりと親指を立てた。

『ありがとね、クリスタ』

小声で返し、胸につけたシルバーバッヂを何度も撫でる。

今日から私は鑑定士だ。

6

翌日。

鑑定士になれたので、次にやるべきことへ取り掛かろう。

気が重いけど……。かなり行きたくないけど……。

「オードリー、気合いよ、気合い！　ゾルタンにバシッと言ってきなさい！」

モリィが私の背中を強めに叩いた。

「気合いだね。うん。オーケー」

どうにか表情筋を動かして、顔をキリリと引き締める。

モリィと相談をして、仕事を辞めるべくカーパシー魔宝石商に行くことにしたんだけど、身体が行くのを拒否している。

無断欠席をしたあげく、私が「辞める」と言ったら、何を言われるのだろうか。

「……あなたひどい顔してるわよ？　潰されたゲロゲーロカエルみたいな」

「それちょっとひどすぎない？」

「うん、言い過ぎたかもしれないわ。まあそんなことより、これで会うのも最後と思えば恐いものはないわよ」

モリィがにやりと悪代官のように笑う。

「婚約者の手伝いっていう名目でずっと契約書を交わしてこなかったゾルタンがいけないのよ。オードリーに辞める宣言されたらどんな顔するのかしらね？　ざまぁったらないわ」

「緊張でちょっと吐き気が……」

ゾルタンは怒り、ドール嬢はヒステリックに責めてくるに違いない。

怒り狂うドール嬢の姿が容易に想像できて、胃がきりきりと痛む。

「これは過去との決別だ。私は私の未来を――手に入れる！」

モリィが急に芝居がかった言い方で前方へ手を差し出した。

「あ、ご令嬢のセリフだね」

「そうよ、オードリー。これは過去との決別であり、新しい自分になる儀式よ」

「儀式か……。そうだね。そう思えば、なんとか言えそうだよ」

モリィが私の両手を握り、何度か上下に振って、手を放した。

「何があっても私はあなたの味方だからね」

「ありがとうモリィ。……いってくる」

「いってらっしゃい！」

そんなこんなでモリィに送り出され、王都を歩き、カーパシー魔宝石商の前にやってきた。

何年も通った商会が、いつもと違う景色に見える。

『行かないの？』

クリスタが宙を飛び、カーパシー魔宝石商の従業員用の入り口を指差す。

不思議なことに、彼はすべての話を把握していた。

精霊に隠し事はできそうもない。

『緊張しちゃってね』

『鑑定士になりたいんでしょ？　早く辞めないとね』

『……うん……そうだね』

小声でやり取りをして、よしと一息吐いてうなずいた。

視界のはっきりした裸眼で話せる気がしなかったので、分厚い眼鏡をポケットから出してかける。

視界がぼやけて少し安心した。

鑑定士のシルバーバッヂはつけていない。色々言われそうで面倒だからだ。

震える手を握りしめ、意を決して建物に入り、階段を上がって二階の事務所へと向かう。

深呼吸をして、ドアノブを回した。

「……」

うかがうように室内に入ると、なぜかいつもより事務員たちが動き回っていた。

私を見つけたドール嬢が駆け寄ってきた。

「この陰気女ッ！　何時だと思ってるの?!」

あまりの剣幕にたじろいだ。顔が怖い。

「あんたがいないせいで大変なことになっているのよ！　さっさと仕事をしなさい、このグズ！」

「……あの……ちょっ……」

怒りそのままに手首をつかまれ、ずるずると隅のデスクへ連れられていく。

ドール嬢が突き飛ばすように私の手首を前方へ投げたので、たたらを踏んでしまった。

デスクに手をつき、振り返る。

「何よその反抗的な目は？」

「……あの……お話が……」

「あんたが仕事をためたせいで他が回ってないのよ？　これがどういう意味かわかる？」

ドール嬢が剣呑（けんのん）な様子で責めてくる。

全部私が悪いという言い方にお腹のあたりがきゅっとなった。

ダメだ。うまく言葉が出てこない。

「……あの……」

「月次の収支報告は明日の朝まで！　鉱山従業員二百人のシフト調整も急いで！」

ドール嬢が私を押して席に座らせようとする。

どうにか抵抗していると、眼鏡がズレて、十六歳から五年間使ってきたデスクが視界に映った。

五年間座った椅子は古くて傷が多く、デスクには大量の書類が積まれていた。

ひどく暗くて、小さいデスクだった。

まるで陰気女が使うデスクそのものに見えてしまい、ここにずっといた自分が昔の別人物の物語に見えてくる。

　ここに座って一生仕事をする？

　絶対にムリだ。

「……やめて、くださいっ！」

　肩をつかむドール嬢を強引に振りほどいた。

「――ッ！」

　ドール嬢が息を呑む。

「……」

　眼鏡を指で押し上げ、深く息を吐いた。

　落ち着こう。とりあえず冷静になろう。

　私はここを辞めると決めたんだ。

「お話があります……聞いてください」

「陰気女の分際でこの私を――ふざけるな！」

　ドール嬢が右手を振り上げた。

　思わず目をつぶる。

　しかし、いつまで経っても張り手は飛んでこなかった。

　そっと目を開けると、ドール嬢が手を振り上げたまま固まっていた。

「なっ、これはっ、なに！　何をしたの?!」

クリスタがいたずら小僧のように歯を見せ、ドール嬢の顔の横で一回転した。

『オードリーはまだ魔法が使えないからね。今回はサービスだよ』

そうか、魔法だ。

クリスタが私を守ってくれたんだ。

ドール嬢は全身の制御が利かないのか、必死に身体を動かそうと歯を食いしばっている。

気づけば事務所にいるほとんどの職員がこちらに目を向けていた。

『この女うるさいからさぁ〜。こーんな顔してさぁ〜』

クリスタ……このタイミングでドール嬢の顔真似をするのはどうかと思うよ……。

微妙に似ているのがまた何とも言えず……。

クリスタの空気の読めなさに苦笑いが出てしまう。

ドール嬢が一気に顔を赤くした。

「何を笑っているのよ?!」

「あ、いえ、ドール嬢を笑ったのではなくて……」

「いい加減にしてちょうだい！　あなた何かしたんでしょう！　この私にたてついたらどうなるかわかってるんでしょうね?!」

「何の騒ぎだ」

そのとき、会長室からゾルタンが現れた。

冷たい瞳をこちらに向け、静かに近づいてくる。

相変わらず人を見る目ではなく物を見る目で私を見てくる。

つけている香水が以前までは気にならなかったのに、妙に鼻を刺激した。こんなに不快な香りだったかな……？

『あきた』

クリスタが顔真似をやめて、魔法を解除した。

「……ああ、動けるようになったわ！」

ドール嬢が確認するように腕をさすり、ゾルタンにぴたりと身体を寄せた。

「ゾルタン様！　この女、無断欠勤をしたくせに反抗的な態度で困ってますの」

「ふん……」

ドール嬢の腰に手を回し、ゾルタンがこちらを見た。

「自分の立場を理解していないのか？」

「……契約の話ですか？」

「おまえは婚約者ではない。一従業員としてふさわしい振る舞いをしろ。文句を言わず、粛々と商会のために働け」

便利な道具を使うような言い方だ。

所詮、この人は私を安価で便利な事務道具としか思っていないらしい。

婚約してからずっと、私は人として見られていなかった。

そう考えるとなんかあれだよね……腹が立ってきたよ。

こんな気持ちになったのは初めてかもしれない。

『こいつムカつくね。顔も嫌い。あとなんか臭いし』

クリスタの言葉に心の中で同意し、ゾルタンを見た。

「一従業員ですか？　契約書を交わした覚えはないのですが」

「おまえのような女はここでしか働けない。それを理解しろ。バカなのか、おまえは？」

ゾルタンは私のいつもと違う態度に苛立っているのか、言葉尻が鋭い。

周囲を見回すと、ドール嬢がにやにやと笑い、事務員たちが必死に処理していたらしい書類を手に持ち、早く仕事をしろ、という視線を私に向けてくる。

『こいつらのほうがバカだよねぇ。オードリーは独立して鑑定士になるのに』

クリスタがタップダンスのような踊りを披露しながら、羽を揺らす。

可愛い姿を見ていたら、肩の力が抜けた。

そして思い出した。

高貴であれ――力強くあれ――。

父さんにつけてもらった名前に負けないような人になりたい。

あの小説の主人公のように、私は私の人生を歩むんだ。

お腹に力を入れ、ゾルタンを見据えた。

「私、辞めます」

予想以上に大きな声が出た。

「な……」

ドール嬢が息を呑む。

しんと室内が静寂に包まれた。

ゾルタンが怒りで眉を上げ、大きく口を開いた。

「……まだ自分の立場がわからないのか？　おまえのような婚約破棄された女は、他の商会に就職できない。ここを逃したらおまえは生きていけないのだぞ？」

ゾルタンが語気を荒くする。

言うぞ。言わなければ。

一歩前へ踏み出せ、オードリー。

あのご令嬢のように。

「私は自分の力で生きていきます。だから……赤の他人であるあなたにとやかく言われる筋合いはありません」

どうにかつっかえずに言えた。

胸のもやが晴れていくような気分だ。

「……貴様……」

ゾルタンが眉間にしわを寄せた。

気にせずバッグから契約書を取り出し、私は両手で握った。

『**オードリー、やっちゃえ**』

クリスタの言葉に小さくうなずき、契約書を半分に割いた。

紙の破れる音が室内に響く。

「私、辞めますので」

半分に割いた契約書をデスクに置き、バッグからメモ用紙を取り出して、呆けた顔をしているドール嬢に突き出した。

「これ、業務の引き継ぎです。月次報告書は二段目の棚に入っています。シフト表の作り方も書いておきました。参考にしてください」

強引にドール嬢へメモ用紙を握らせる。

「それから、二万五千ルギィです」

ポケットに入れておいたお金をゾルタンへ差し出した。

彼は冷たい視線で紙幣と金貨を見下ろす。

「なんだこれは」

「婚約破棄の事務手数料は折半とのことでしたので、渡しておきます」

「給料から天引きのはずだが？」

「辞めるのに天引き？　意味がわかりませんよ」

これ以上、この場にいたくない。

お金を押し付けると、ゾルタンは緩慢な動きで受け取った。

「陰気女……あんたねぇ……」

ドール嬢が顔を真っ赤にしてこちらを指さした。

「婚約破棄された魔力ナシを雇う商会があると思って!?　本当に頭が悪いわね！　今なら許してあげるわ！　とっとと契約書にサインなさい！」

ドール嬢の金切り声が室内に響く。

ここでしっかり証明しておかないと、家に乗り込んできそうだ。

「こちらをご覧ください」

ポケットからDランク鑑定士のシルバーバッヂを出し、さっと胸につけた。

「昨日、試験に合格しました」

「なっ……どういう……」

「幸運なことに魔力を手に入れたんです」

「シルバーバッヂ?!　昨日まで魔力ナシだったのにおかしいじゃない！」

「ありがたいことに飛び級しました」

「嘘よ！　あんたが飛び級なんて嘘よ！　この私だってEからDに上がるまで一年かかったのよ!?　どんな手を使ったのか教えなさい！」

ドール嬢が今にも飛びかかってきそうな勢いで顔を寄せてきたので、素早く自分のデスクに置いてあった私物のペンを取り、ドアへと移動した。

彼女を無視して、ゾルタンを見つめた。

そういえば、面と向かって目を合わせるのは今日が初めてかもしれなかった。

「そういうことなので、よろしくお願いします」

私が言うと、ゾルタンは腕を組んで思案顔を作り、一つうなずいた。

「Dランク鑑定士になったのなら話は別だ。ちょうど瑪瑙（メノウ）の採掘担当に空きが出ていてな、鑑定士として雇ってやろう」

「だから、辞めるんです。何度言ったらわかるんですか？」

「おまえのためになる提案だ」

本気でそう思っているのか、それとも私から搾取するつもりなのか、ゾルタンが悪びれもせずに言う。

「私のためでなく、あなたの利益のためですよね？」

「俺が利益を求めて何が悪い」

ダメだこの人……会話にならない。

本当に何を考えているのかわからないよ。もう帰ろう。それがいい。

「私たちは赤の他人です。これからはお互いの人生を歩みましょう」

できる限り、余裕の笑みを浮かべる。

「おまえはうちで働く――」

「それでは皆様、ごきげんよう」

ゾルタンの言葉を遮り、あの小説のご令嬢のように、優雅に一礼した。

「陰気女ッ！　調子に乗るんじゃないわよ！」

ドール嬢が今日一番の大きな声を出した。

「ドール嬢も、ごきげんよう」

彼女にも一礼し、振り返らず、さっさと退室する。

うまくカーテシーできただろうか。

階段を下りると、事務所からドール嬢のヒステリックな叫び声が聞こえた気がしたが、もうどうでもいいことだ。

何年も使った階段を下りきり、事務所から足早に離れる。

「……緊張した……」

大きく息を吐いたら身体の力が抜けた。

はしたないと思いつつも、壁に寄りかかってその場にへたりこむ。

疲れたよ……。

でも、すっきりした気分だ。あとでモリィに報告しないとな。

『カッコよかったよ、オードリー』

クリスタがにこりと笑い、嬉しそうに小首をかしげた。

『今の心境は？』

彼に聞かれ、私は分厚い眼鏡を取った。

『私は私のお気に召すまま』

やっと自由になれた気がした。

7

無事、辞める宣言をしたことを報告すると、モリィが飛び上がらんばかりに喜んでくれた。

その日はモリィの家に泊まり、祝杯を上げた。

「ふあああっ……」

深夜まで飲んでいたので少し眠い。

朝帰りをして、シャワーを浴びると、昼前になっていた。

さて、カーパシー魔宝石商を辞めたことだし、自宅にあるゾルタンの痕跡を消そうかな。気持ち的に、一秒でも早く目の前から消したかった。

業者を呼ぶとすぐに来てくれた。

「こちらを全部捨ててください」

ゾルタンの形ばかりの贈り物がなくなった。

うん。すっきりしたね。

業者の方には盛大に燃やしてくださいとお願いしておいた。

次に、クリスタと契約して何ができるかの検証にうつった。

『オードリー、魔法を使おう！』

やるぞ、と腕を上げているクリスタが可愛い。

『私も魔法を使えるの？』

『そうだよ』

『簡単な魔法でも嬉しいよ』

『うんうん。鑑定士と言えば魔法だよ～』

『ん……そうなの？』

『え？　違うの？』

クリスタが首をひねる。

どうやら小さな精霊さんと私の間には大きな齟齬があるらしい。

クリスタの話を聞くと、鑑定士は魔力の扱いに長けているため、魔法も得意とのことだ。

そんな話、聞いたことがない。

このご時世、鑑定士はせいぜい生活魔法を使えれば上等という認識だ。

魔法が得意なのは魔法使い。

これが一般常識だ。

あと、魔宝石の採掘には危険が伴う。

遠征する場合は傭兵ギルドで護衛を雇うのが慣例で、魔法使いを雇うと結構な金額がかかるらしいんだよね。

自分で強力な魔法が使えるにこしたことはないけど……。

『ちなみに私って、どれくらい魔法が使えそうなの？』

『練習すれば赤龍ぐらい制圧できるよ』

『いや……そこまでの魔法はいらないんだけど……。私、平和主義者だから……』

赤龍討伐など、傭兵ギルドの人たちにおまかせしたい。

○

とにかくやってみないことには始まらない。

魔法を試射すべく、庭の試験場に移動した。

父さんが魔道具師を呼んで、よく庭で新作の実験をしていたよね。懐かしいな。

『発音は覚えたたね？』

『うん。古代語と似ているから大丈夫』

クリスタの教える魔法は、言霊（ワード）と想像力（イメージ）を組み合わせて使うものだそうだ。

言霊（ワード）は古代語をもとに作られた、世界の法則に干渉する言葉、らしい。

未知の知識にわくわくしてくる。

『イメージして、言霊（ワード）を言えばいいんだよね？』

『そうだよ。あとはぼくが補助するからね』

『了解』

傭兵ギルドにいる魔法使いとだいぶ違う気がするけど……いいのかな？

彼らは呪文（スペル）を使って魔法を行使する。

言霊（ワード）なんて聞いたことがない。

『ねえ早くぅ～』

『あ、ごめんごめん』

とにかく、今は試射だ。

魔法が使えるなら、鑑定士としての選択肢もかなり広がるのは間違いない。

危険度の高い採掘依頼なんかも受けられる。

息を吸い込み、火をイメージした。

「――【火球（ウカファア）】」

言霊（ワード）をつぶやくと、スッと身体から魔力の抜ける感覚が起き、炎の球が出現した。

両手で抱えるほどの大きさで、轟々（ごうごう）と音を立てて燃えている。

イメージよりもだいぶ大きい。

いや、相当大きいけど……これ、平気かな？

『センスあるね！　じゃあそのまま的に撃って！』

クリスタの楽しそうな言葉に後押しされ、イメージを膨らませた。

「――【射撃（イエゲシャス）】」

火球が木製の的に直撃して、爆(は)ぜた。

ドンッ、という腹の底を叩くような音が響き、的が粉々に砕け散る。

あああっ……庭に穴が……！

洒落にならない威力だよ！

吹き飛んだ的がばらばらと落下してきて、頭にぶつかった。

「いたっ」

『言霊(ワード)を二つ重ねてこの威力かぁ……。これなら一年後には暗黒龍も倒せるんじゃないかな。やったね！』

遊戯に勝った子どものように喜ぶクリスタ。

暗黒龍はウン千年前に人類を滅亡の危機に陥れた、伝説上の生物だ。

『あはは……遠慮しておきます……』

ひょっとして……とんでもない力を手に入れてしまったのではないだろうか……。

しばらく顔から苦笑いが消えなかった。


その後も、クリスタに便利そうな言霊(ワード)を教えてもらい、昼過ぎまで魔法の練習をした。

ある程度の調整もできるようになってきたので、大惨事を起こすことはない……と思う。

王都で派手に魔法を使えば都市騎士のご厄介になってしまう。

「魔法を使える日が来るとはね……」

『ん？　何か言った？』

昼食に出したコンソメスープを飲みながら、クリスタが顔を上げた。

精霊の小さな身体に入る量じゃないんだけど、この辺は気にしたら負けな気がする。

『ううん。魔法が使えて嬉しいなと思って』

『鑑定士だから当然だよね』

『クリスタといると常識が壊されていくよ』

『前まで魔力ナシだったもんねぇ』

けぷ、と可愛らしい息を吐いて、クリスタが机へごろんと横になる。

ハンカチを出すと彼はその上へ寝転がった。

昼食を済ませ、食器を洗い、とある用事を済ませるべく街へと繰り出した。

○

大通りを途中で左折し、しばらく進むと、S字をつなげたように曲がりくねった坂が見えてきた。

『サラーヴォ坂って呼ばれてるんだよ』

『くねくねした坂だね』

丘の上まで続いているサラーヴォ坂は、オシャレな小売店が集まっている区画として有名だ。

王都の最先端を行くと言われている場所で、着飾った若者が多く、貴族らしき人たちの姿もあった。場違い感がすごい。

いちおう一番上等なワンピースを着てきたんだけど、地味すぎる……。

私にオシャレは無理だ。

自分の服装は見なかったことにして、目的地を目指そう。

「この辺だと思うけど……」

探しているのは王都で人気の美容室だ。

モリィが「絶対に行け」「お金も出す」と声高に言うので、お金は受け取らずにありがたく紹介だけ受けることにした。

なんでも、最新魔道具の縮毛矯正なら、どんな癖っ毛でも立ちどころにストレートになるらしい。

ホントかな？

効果もさることながら、どんな魔宝石が使われているのか気になるよね。

「あった。あそこだ」

少し道に迷って、美容室に到着した。

『入らないの？』

『……オシャレで入りづらいよ……』

すると、店の前から人が出てきた。

「ありがとうございました。またのご来店をお待ちしております！」

美容師らしき女性が笑顔で客を見送る。

客の女性は長い髪をしており、驚くほど艶があってサラサラだった。

「……綺麗な髪」

颯爽と坂を下っていく女性の後ろ姿に、思わず見惚(みと)れてしまう。

美容室の窓ガラスに映る自分の髪を見ると、笑ってしまうぐらい癖っ毛で、もはや球体と言ってしまってもいいぐらいだ。どんなにお湯で濡らしても、即座に戻ってしまう頑固者だ。

深いため息が漏れる。

「お〜、これはパーマしがいがある髪ですねぇ」

いつの間にか私の前に美容師が立っていて、人懐っこい笑みを浮かべていた。

茶色のベリーショートヘアに大きな瞳。ショートパンツからは健康的な脚がすらりと伸びている。全体的に猫みたいな印象の可愛い女性だ。年齢は多分私より下だと思う。

「あの、何か……？」

一歩引いて聞くと、彼女が手を後頭部にやり、快活に笑った。

「アハハ、すみません！　実は最新の美容魔道具が開発されまして、縮毛矯正ってやつなんですけどー。もうすごすぎちゃって色んな方に声をかけてるんですよぉ！」

新しいおもちゃを買ってもらった子どもみたいに笑う美容師さん。

小さく跳んでいるので、カチャカチャと腰につけている商売道具が鳴っている。

「あの……メルゲン書店店長のモリィの紹介で来た、オードリー・エヴァンスです……」

「あっ、ご予約のオードリー嬢ですね！」

「私の髪質でも大丈夫なのでしょうか？」

不安になって聞いてしまった。

僭越ながら私の髪は父さんぐらい頑固な癖っ毛だ。

何をやってもくるくるくると丸まってしまう。あなたはダンゴ虫なのかと言いたい。

「さっきのお客さんもお姉さんくらい癖っ毛でしたよ」

「え…………ほ、本当ですか？」

呼吸するのを忘れてしまうほどの衝撃だった。

先ほどの女性も癖っ毛？　どう見ても美しい直毛だったよね。

「それなら……やってみたい気もしますが……ダメだったらショックが……」

私のつぶやきを聞いて、ポケットにいたクリスタが『早くやりなよー。オードリーって美人なんだからさぁ～』と言っている。

私が美人というのは月が地に落ちるくらいあり得ない話だけど、癖っ毛が直るならやってみたい。

「モリィさんから言われています、あなたを逃すなと！　ささ、どうぞどうぞ！」

「あ、ちょっと、まだ、心の準備が——」

「一名様ご案内でーす！」

カラン、と入店のベルが鳴った。

これでもかと髪を洗われ、ドライヤーで乾かされ、薬品を塗って何度も美容魔道具でプレスされた。

　仕上げに髪を整え、軽いメイクもされる。

　三時間後、鏡に映る自分の髪型に唖然としてしまった。

「……癖っ毛がここまでに……」

　二十一年間悩まされていた癖っ毛が解消され、緩いウェーブのかかった髪型に変貌していた。

「もっとやればストレートになるんですけど、オードリー嬢はゆるふわロングが似合うと思います」

　猫っぽい美容師さんが、にししと歯を見せて笑う。

「……別人ですね、これ……」

「めちゃくちゃ可愛くなりましたよ！　私が王子様だったら今すぐ白馬で迎えに来ちゃいます！

ああっ、自分の手でレディを可愛くしてしまったこの全能感、たまりません！」

　美容師さんが悦に浸っている。

　いや全能感って。

　あまりの声の大きさに他の美容師も集まってきて、「おおおおっ！」「美人になった！」「可愛い！」という歓声を上げた。

　お世辞の嵐……恥ずかしい。

　でも、嬉しい。

　モリィが散々私に「美容師に相談しなさい」と言っていた理由がわかった気がする。

私の銀髪は緩いウェーブを描いて胸元まで伸びており、毛先が整えられたおかげでお上品な仕上がりになっていた。

「なるほど。これが、ゆるふわロング」

自分の銀髪が初めて好きになれそうだ。

メイクのおかげで地味っぽい顔つきも、若干明るくなっている。

鏡に映る自分が頬を赤くしているのを見て、また恥ずかしくなってきた。

美容師さんたちが「可愛い」とまた騒ぎ出して、もっと顔が熱くなる。

彼女たちのサービス精神が素晴らしい……。

これが王都人気店のトーク術。

私も個人事業主として見習わなければ……。

『ほら、美人じゃん』

クリスタが顔の横で笑っている。

美人ではないけど、生まれ変わった気分だ。

また一歩前進できた気がする。

髪型で心がこんなに躍るなんて、大いなる発見だよ。

「オードリー嬢、この仕上がりでいいですかぁ?」

悦に浸っていた猫系美容師さんが笑顔を向けてくる。

「もちろんです。鏡に映る自分が自分じゃないみたいで……美容師さんの腕前に感服いたしました。

ありがとうございます」

きっとモリィも気に入ってくれるだろう。

最新の美容魔道具は素晴らしい。技術の進歩を感じるよね。

「はーい、こちらこそありがとうございます！」

猫系美容師さんが笑う。

「……」

髪型はこれでよしとして……頼んでいいだろうか。

いや、さすがにお店の大切な商売道具を見せてもらうのは失礼かな……。

でも……どうしても気になるんだよね。

「どうかしましたか？」

猫系美容師さんが人懐っこい笑みを浮かべて私の顔を覗き込んでくる。

ちらちらと美容魔道具を見て、自分で自分の欲求にあらがえないと理解した。

見たい。一回でいいから見てみたい。

私は深く息を吐いて、頭を下げた。

「あの……少しばかりお願いがあるのですが……いいでしょうか？」

「なんでしょう？」

「美容魔道具を見せてくださいませんか？　実は私、こう見えて鑑定士で……使われている魔宝石が大変気になってですね……」

そこまで言うと、猫系美容師さんは一瞬きょとんとした顔になったが、すぐに破顔し、うなずいてくれた。

「モリィさんが言っていたとおりですね！」

「え？　モリィが何か？」

「美容魔道具についた魔宝石を見たがるだろうって」

「……お恥ずかしい限りです」

モリィはなんでもお見通しだ。

「こちらにどうぞ。先にお会計しておきますか？」

「そうですね、お願いします」

お会計後、美容室の隅のカウンターをお借りして、美容魔道具を鑑定した。

ワッフルメーカーを半分にしたような形で、持ち手の末端の部分に、透明感のある藍色の魔宝石がついていた。

「やっぱり〝藍晶石（カイヤナイト）〟だ！」

予想していた答えと合致していた。

『深海みたいな魔宝石だね』

ふわふわと飛んでいたクリスタが近づいて、目をぱちくりさせた。

「適応、清浄の効果を内包する魔宝石で、魔法陣で〝形状記憶〟の魔法へと変換されているみたい。魔道具師さんの腕が問われる一品だよ」

「へえ。なんかすごいんですねぇ〜」

猫系美容師さんも近づいてきて、私の横で唸る。

ジュエルルーペを取り出し、覗き込むと、深海を思わせる深いブルーと、上下に白い繊維のような線が走っていた。

「硬度差と強い劈開性（へきかい）がある魔宝石なので研磨が難しいんですよ。研磨師の方も素晴らしい仕事をされておりますね。見てください、定規で引いたような長方形に研磨されています。あっ、小さな隙間に魔法陣が刻まれていますよ！　ほら、ここです！」

私が美容魔道具を向けると、猫系美容師さんが曖昧にうなずいた。

「は、はあ……そうなんですね」

「そうなんですよ！　ああ、もう、最高ですね！　流れている魔力もおとぎ話に出てくる乙女のような儚さと美しさですよ！」

「魔力が乙女ですか……？」

それから私は滔々（とうとう）と〝藍晶石（カイヤナイト）〟の素晴らしさを説明し、心ゆくまで鑑定をした。

クリスタが、鑑定じゃなくて鑑賞になってると笑っていた。

うん。否定はできない。

「美容室にお邪魔してよかった。本当にありがとうございます！」

心からお礼を言うと、猫系美容師さんが目を丸くし、ぷるぷると震え始めた。

「……オードリー嬢……髪より石で興奮してる……面白い……」

彼女が笑いをこらえてお腹を押さえている。

それを見て我に返った。

「あ……」

いけない。もう一時間も経ってるよ……。

とんだご迷惑をかけちゃったよ。

平謝りして、すぐさま近くにある人気の洋菓子店に行き、従業員全員分のケーキを差し入れした。

営業の邪魔をしてしまい、申し訳なさでいっぱいだ。

今後は魔宝石を見てもあまりはしゃがないでおこう……。

皆さん優しくて、笑顔でお見送りをしてくれた。猫系美容師さんが、次は指名してほしいと言っていたので、固い握手とともに約束した。

お名前はチャチャさんだ。

彼女は「名前言うの忘れてました」と明るく笑った。

知り合いが増えてなんだか嬉しい。

お名前、忘れないでおこう。

そんなこんなで、帰り道、モリィの家に寄ると、「親友が綺麗になった！」と大喜びしてくれた。

綺麗は言い過ぎだけど、見た目は大幅に改善されたと思う。

会計後、美容室に一時間居座ったことを話し、私が反省していたと伝えてほしいとお願いすると、モリィに爆笑された。

「その見た目で石マニアとか最高だわ～。あなた、魔宝石と結婚したら？」

「魔宝石と……ふむ……」

名案だ。それ、いいかもしれない。

魔宝石なら人をこき使ったりしないし、冷ややかな目で見てこないし、香水臭くもない。しかもその輝きは失われない。相手として最高じゃない？

「結婚するならどの魔宝石にしようかな……」

「やだー、笑わせないでよ～！」

モリィにさらに笑われた。解せない。

「いい傾向よ。それでこそオードリーらしいわ」

「私らしい、か……」

初めて言われた気がする。

内容はどうあれ、親友にそう言ってもらえるのは嬉しい。

その後、モリィの作ってくれた新野菜のポトフをごちそうになり、髪型に合う服装のレクチャーを受けて、そのまま泊まることにした。

『楽しいね！』

『うん。毎日が楽しいよ』

クリスタの言葉に、私は笑顔でうなずいた。

屋号の引き継ぎ処理が終わったと連絡が入ったので、鑑定士ギルドにやってきた。

本日付けで父さんが開業していた『エヴァンス鑑定事務所』は私が正式に継ぐこととなる。私が所長か……なんだか信じられないよね。

「こんにちは。書類を受け取りに来ました」

「オードリー嬢、お待ち申し上げておりました。屋号引き継ぎですね。受け渡しの前にギルド長が面会を希望しておりまして……お時間はございますか？」

この前お世話になった受付嬢が、笑みを浮かべた。

「時間ならいくらでもありますよ」

「そうですか！　では、先日行えなかった自衛力のテストも併せていかがでしょうか？」

「あ、ぜひお願いします。本日受けようと思っておりました」

「かしこまりました。裏の演習場へご移動をお願いいたします」

受付嬢が書類を持って立ち上がり、そのまま裏手の演習場まで案内してくれる。

鑑定士ギルドの演習場は縦横五十メートルほどの大きさだ。

主に、魔宝石の効果を試すときに使われる。

ちなみに自衛力テストは、鑑定士が有事の際、どれほど対応できるかのテストで、どのランクの傭兵を雇うかの指標となる。

これを受けないと鑑定士として傭兵を雇えないので、雇用した費用を経費として計上できなくなってしまう。ジョージさんから、必ず受けるようにとアドバイスをいただいた。

「こちらへ」

演習場の隅に到着すると、柵に区切られた試射的がいくつもあった。

的は二メートルくらいの高さで、スプーンのような形をしている。

傷だらけだ。

何度も攻撃を受けているらしい。

試射位置を示す白線が引いてあり、その横に剣、弓、槍など各種様々な武器が並んでいた。

古めかしいけど、よく手入れがされている。

「それでは、お好きな武器で的に攻撃してください」

「魔法でもいいでしょうか？」

「やはり攻撃魔法が使えるのですね！　ピーター・エヴァンス様もそうでした」

「父さんには劣りますのであまり期待しないでくださいね」

「謙虚も美徳ですね。さすが期待の星」

受付嬢が、魔法も上手いんでしょ、このこの、という顔つきをしている。

期待の星とか、全然そんなのじゃないんですが……。

「硬化付与の魔宝石が埋め込まれた鉄製の的です。思い切り撃っていただいて大丈夫ですよ」

「善処します」

このテスト、強かろうが弱かろうが、鑑定士の待遇にはまったく関係がない。

『オードリー、木っ端微塵（こっぱみじん）にする？』

クリスタがやる気に満ちた顔をしている。冗談にならない。

首を横に振った。

『庭でやった魔法と同じやつでいいよ』

『えー、それでいいの？』

『いいのいいの。大事になるから』

『それじゃつまんないよ～』

クリスタとこそこそ話していると、受付嬢が首をかしげた。

「どうかされました？」

「あ、いえ、なんでもありません。魔法を使いますね」

「お願いします」

瞳を輝かせて、受付嬢は持っている書類とペンを構える。

「――【火球（ウカファア）】」

言霊（ワード）をつぶやくと身体から魔力が抜け、火球が出現した。

よし、魔力は調整できている。そこそこの威力のはずだ。

「――【射撃(イエゲシャス)】」

『いけいけ～！』

クリスタの楽しそうな声を聞きつつ、イメージを膨らませて言霊(ワード)を唱えると、火球が倍の大きさに変化し、的に直撃し――

的に当たった瞬間、大爆発を起こした。

「――ッ！」

「ひゃあぁぁっ！」

高さ二メートルの的は爆発に飲み込まれ、地面をえぐるようにして木っ端微塵に吹き飛んだ。爆散する破片をクリスタが瞬間的に魔法でガードしてくれる。

クリスタが魔法を切ると、ぱらぱらと破片が私と受付嬢の前に落ちた。

「……」

「……」

えぐれた地面を見て、受付嬢が目を点にしている。

『魔力を多めに渡しておいたよ』

爽やかな笑顔で親指を立てる精霊さん。

ちょっと、これ、どうするの……。

「魔法も……お得意なんですね……」

受付嬢がぽつりとつぶやいた。

○

自衛力テストは、魔物相手ならば満点、という結果になった。

対人戦闘訓練を受けていないため、治安の悪い街は傭兵の雇用を推奨。

危険の少ない採掘の場合は一人行動も可。

そんな総評だ。

まあ、あくまでも推奨なので、傭兵を雇う雇わないは鑑定士の判断に委ねられる。

「対人戦闘の訓練は受けられますか？　護身術は女性鑑定士に人気です」

「うーん……護身術は時間があるときに受けます」

「承知いたしました」

護身術よりも、魔法の精度を上げるべきだよね。

あと、クリスタとはきちんとお話をしないといけない。毎回標的を木っ端微塵にしていたら、事故が起きかねない。

ちなみに、演習場はギルドで修繕してくれるそうだ。

よかった……。

受付へ戻り、彼女から傭兵についての説明を受けていると、会議が終わったのか二階へと続く階段から数人が下りてきた。

「会議が終わったようです。ギルド長に確認して参りますね」

受付嬢が席を立ち、数分で戻ってきた。

「ギルド長室へお越しくださいませ」

「わかりました」

また受付嬢に連れられ、二階へ上がる。

さすがは王都鑑定士ギルド。

廊下に置かれている調度品もきらびやかで美しいものばかりだ。

「オードリー・エヴァンス嬢をお連れいたしました」

「入れ」

受付嬢がワイン色をした重厚な扉を開けると、ふわりと甘い香りがした。

南方で販売しているお香を薫いているのかな？

昔に父さんがおみやげで買ってきてくれたことがある。

「オードリー嬢、呼びつけてすまなかった。私のことは覚えているか？」

中に入ると、大柄な初老の男性が出迎えてくれた。

落ち着いた紺色のダブルストライプ柄のスーツを見事に着こなし、ネクタイとポケットチーフは揃いのペイズリー柄のものを使っている。鍛えているのか、スーツの胸部が盛り上がり、白いシャツにはしわ一つなかった。威厳たっぷりといった御仁だけど、顔つきは柔和だ。ちょっと安心する。

それにしても、これだけ威厳がある人だ。

会えば記憶に残りそうだけど……。

「申し訳ございません。覚えがないみたいです」

「そうか。まだ三歳ぐらいの頃だったからな。無理もないか」

ギルド長が革張りのソファを勧めてくれたので、静かに腰を下ろした。ふかふかで気持ちいい。

受付嬢はギルド長の斜め後ろにひかえるように立った。

「Aランク鑑定士でギルド長のスミス・バークレーだ。まずは鑑定士試験合格おめでとう、とお伝えしよう」

理知的な灰色の瞳を細め、ギルド長が笑みを浮かべた。

「ありがとうございます。Dランクからスタートということで……恐縮です」

「筆記試験は過去最高得点だと聞いている。ピーターも今頃あの世で得意満面だろうな」

「父さんと知り合いなのですか？」

嬉しそうに言うギルド長を見て、つい聞いてしまった。

「知り合いというか……腐れ縁、好敵手、友人……ああ、同じ女性を取り合ったこともあるな」

ギルド長がごつごつとした手を顎にあて、昔を思い出すように宙を見る。

女性を取り合った、という話に受付嬢がぴくりと眉を動かした。すごく続きを聞きたそうな目だ。

私もちょっと気になる。聞きづらいけれど。

「あいつにはオードリー嬢を何度も自慢されてな」

「そうなんですか？」

「この子は将来美人になると何度も言っていたぞ」

「……意外と親馬鹿だったんですかね……？」

「娘がいる父親は皆そんなものだ」

「私、一度もそんなこと言われていないので……想像がちょっと……」

「あいつは基本無口だからな。恥ずかしかったんだろうよ」

ギルド長が父さんを思い出したのか、宙を見ながら笑った。

「それにしても、オードリー嬢に覚えられていないのは残念だな」

「すみません。記憶がなくて」

「ああ、すまんすまん。悪い意味で言ったんじゃない。あの頃に比べるとずいぶん白髪が増えてしまったからな。三歳になったオードリー嬢を抱き上げたときはもっと黒かったんだぞ」

整髪料で整えられた短い髪を、ギルド長が手で撫でつける。

白と黒の入り交じった髪色だ。

「そうか……オードリー嬢は綺麗な女性に成長したな。長い間王都を離れていたのが悔やまれる。私がギルド長に抜擢されたのは三ヶ月前でな、それまでは協商連合国でギルド立ち上げをしていたんだが……ああ、老人の話などどうでもいいか。最近、かみさんにも話が逸れると怒られる」

「いえ、そんな」

「つまり、ピーターとは古くからの知り合いだ。色々と手紙で事情を聞かされている」

「事情ですか？」

「ああ。それで、話しづらいことを承知で聞くが、婚約についてどうなったのか確認したい」

婚約と聞いてゾルタンの顔を思い出した。

「噂は本当だったか」

ギルド長が私の顔を見て、深く息を吐いた。

さすがAランク鑑定士だ。表情の変化を見逃さない。

「そうですね……残念なことに」

清々した気分だけど、いちおう建前上、残念と言っておく。

「ああ、そうだな」

ギルド長は不満げに腕を組んだ。

「確認させてくれ。カーパシーのドラ息子はオードリー嬢との婚約を破棄して、Cランク鑑定士のドール嬢と婚約するつもりだな？」

どうやらすべて把握しているみたいだ。

「婚約破棄は真実です。ドール嬢との婚約も、おそらくは」

「五年間オードリー嬢と結婚せず、自己都合で婚約破棄し、舌の根も乾かぬうちに別の女を婚約者にする、か……。カーパシーはドラ息子にどんな教育をしたんだ？　行方不明で死んでなければ呼びつけて灸（きゅう）をすえてやるものを……」

私のために怒ってくれているギルド長に、胸のもやもやが少し軽くなった。後ろにいる受付嬢も深くうなずいている。

あらためて人の口から聞くと、ひどい話だよね。

ゾルタンと結婚しないでよかった。

婚約破棄してくれたことに感謝したい。

「カーパシーのドラ息子については、放っておくのがいいだろう。そのうち、鑑定士内で噂が広まる。あいつも痛い目をみるだろうな。しばらくオードリー嬢には同情的な目が向けられるかもしれんが、何かあれば相談してくるといい」

優しい目でギルド長に言われ、私も笑顔でうなずく。

「それから、Cランクのドール嬢についても、気にしないでくれ。仕事を妨害されるようであればこちらで処理する」

「ドール嬢ですか？」

「そうだ。ドール嬢が、オードリー嬢のDランク取得に不正があったと、ありもしないクレームを入れている。自分への言葉になっているとわかっていないのか、あの娘は……」

ドール嬢は私が仕事を辞めたことを根に持っているのかもしれない。

できればもう関わりたくない。

あの強烈な怒り顔を思い出すと、ちょっとお腹が痛くなってくる。

「面白くない話ばかりですまなかったな。口直しにコーヒーでも飲むか？」

「あ、はい。では……いただきます」

「ジェシカ君、お願いできるか？」

受付嬢が一礼して、部屋から出ていった。

そういえば、彼女のお名前をお聞きしていなかった。

ジェシカさん……覚えておこう。

しばらくしてジェシカさんがコーヒーを二人分淹れてきてくれた。コーヒーの香ばしい匂いに、肩の力が抜けるのを感じた。

「そうだな……ピーターとは、Eランクの頃から知り合いだ。あいつがアゲリ砂漠へ採掘に行くと言って、同行することになったのがきっかけだったか……懐かしい」

コーヒーを飲みながら、ギルド長が父さんとの思い出を色々と話してくれた。

父さんは若い頃から無口で無愛想だったようで、思わず笑いがこぼれてしまう。

若い頃、二人が贋作師から偽物の魔宝石を買った話にはかなり笑ってしまった。

父さんが「絶対に本物」と意見を曲げなかったらしい。蓋を開けてみれば、その偽物は国際指名手配されている贋作師が作ったもので、Bランク以上の鑑定士でなければ見破れなかったそうだ。

当時の二人には荷が重い贋作だったようだ。

「失敗は成功の母とも言うが、あの失敗は私たちのいい薬になった」

空になったコーヒーのカップを見ると、ギルド長がおもむろに立ち上がった。

部屋にある執務机から、一冊の本を持ってきた。

「これは、ピーターから託されていた手帳だ」

突然の言葉に固まってしまう。

ギルド長の大きな手に握られた、古ぼけた茶色の手帳を無言で見つめた。

「オードリー嬢が鑑定士になったら渡してほしいと頼まれていた。読んでも構わないと言われていたので中を確認したが、歯抜けの文章になっていて内容がわからない。あいつめ、肝心なことほど無口になるからな」

ギルド長がそっと押し出したので、手帳を受け取った。

ざらりとした革の手触りがする。

何度か表紙を撫で、ページをめくった。

「オードリー嬢なら読めるとあいつが言っていた」

ギルド長がソファに座り、期待を込めた声で言う。

受付嬢のジェシカさんも心なしか前傾姿勢だ。

『あっ、ぼくたちについて書かれているよ』

私の肩に乗っていたクリスタがふわふわと飛んで、手帳を覗き込む。

ギルド長の前で古代語をしゃべるわけにもいかず、小さくうなずいておいた。

ぼくたち……つまりは精霊について書かれている？

ほとんどは覚え書きのような手記ばかりだ。

ぱらぱらとページをめくると、重要、と書かれたページが目に留まった。

父さんの書く、角ばった、くせのある文字が並んでいる。

――オードリーへ。これが読めているということは、精霊と契約できたようだな。私も若い頃に精霊と契約して魔力を手に入れた。エヴァンスの家系は代々魔力がなく、精霊との契約に適性がある血筋のようだ。祖父から聞いた話では、遥か昔に、王族に仕えていたこともあるそうだ。

『ぼくたちの話だから、この筋肉じいさんには歯抜け文章に見えるんだよ』

クリスタがギルド長を指さして笑う。

精霊は契約者しか認識できない。

文字にも適用されるのか……。

それよりも、父さんが精霊と契約していた事実に驚きだ。

思い返せば、作業台で鑑定しているとき、たまに独り言を言っていた気がする。ひょっとしたら、精霊と会話をしていたのかもしれない。

「読めるか？」

ギルド長が聞いてくる。

「はい。読めます」

顔を上げずに返事をした。

とにかく、続きが読みたい。

――今後、生涯のパートナーとして精霊と仲良くしなさい。また、言霊（ワード）を使った魔法は精霊魔法と呼ばれている。これも、他人には通常の魔法として認識されるので遠慮なく使って問題ない。ただし、使い方には十分注意しなさい。

『注意なんて失礼だよね〜』

クリスタが頭の後ろに両手を持ってきて頬をふくらませる。

可愛いけど、魔法一撃・ギルド演習場破壊事件は忘れられそうもない。

そこから、便利な言霊(ワード)の組み合わせが五ページほど書かれていた。あとで覚えよう。

少しの空白があって、文字が続いていた。

書こうか迷っていたのか、中途半端な位置から文字が走っている。

私は手帳をさらに引き寄せた。

――オードリーが精霊と契約できる可能性を話せず、申し訳なかった。精霊は他者に認識されない。オードリーが魔力ナシで、ずっとつらい思いをしてきたのは見ていた。オードリーが誰よりも鑑定士になりたいことも知っていた。

――今までよく勉強し、訓練をしてきたことは、私が知っている。精霊は自分を心から好きな人間としか契約しない。こうして精霊と契約できたのは他でもない、オードリーが鑑定士という夢と向き合い、努力をし、石を愛してきたからだ。自分を誇るといい。私も、オードリーが、自分の娘で誇らしい。

――オードリーなら、人の役に立つ鑑定士になれるだろう。

――高貴に、力強く、名前に恥じぬよう、

――心のままに生きなさい。

――父より。

手記はここで終わっていた。

「……父さん……」

父さんは私に鑑定士としての知識を授けてくれたけど、一度もこうして褒めてはくれなかった。問題を解いてみせても、いつもぶっきらぼうに「できたな」と言うだけだ。

それでも私は嬉しかったけど、こんなふうに言われると……どんな顔をしていいのかわからなくなる。嬉しくて、ちょっと恥ずかしくて、泣きたい気分にもなってくる。

「どうせなら、生きているうちに言ってほしかったな……」

無口な父さんがこの文章を書いている姿を想像したら、自然と笑みがこぼれた。

ありがとう父さん。

いつも私のことを気にかけてくれて、本当にありがとう。

でも、父さんは不器用だね。

そういうところ、私にも遺伝してるのかな?

言いたいことを言うの、苦手だしさ……。

「もう一度読んでもいいですか?」

私は読み返したくなって、手帳のページを戻した。

「ああ、心ゆくまで読むといい」

「ありがとうございます」

ギルド長とジェシカさんは、私が満足するまで待ってくれた。

○

「そうか、内容は言えぬか」

その後、ギルド長に手帳の内容は話しても理解できないと伝えると、残念な顔になった。

精霊絡みのことだから、話しても認識されないんだよね。

でもそれも一瞬で、ギルド長は私に手帳を渡せたことを喜んでくれた。

「これも渡しておかなければな」

ギルド長が『エヴァンス鑑定事務所』の書類を差し出してくる。

受け取って、胸に抱いた。

これで私が父さんの事務所を引き継いだことになった。すごく嬉しい。

父さん、これから、所長として頑張ります。

「オードリー嬢の可憐な笑顔があれば、ピーターの事務所より繁盛しそうだな」

うんうんと、受付嬢ジェシカさんがハンカチで目を押さえてうなずいている。

可憐ではこれっぽっちもないけど、激励の言葉に一礼した。

「ギルド長、ありがとうございました」

「ああ。これでピーターとの約束が果たせた。オードリー嬢のこれからの活躍に期待している」

「はい！」

あらためてお礼を言い、ギルド長に丁寧に挨拶をして、ジェシカさんとギルド長室を出た。

そして、Dランクを取ったらぜひともやりたいことを思い出した。

「そういえば、Dランク以上しか入れない資料庫があると聞いたのですが……利用できますか？」

「今からですか？」

ジェシカさんが笑顔を向けてくれる。

「ぜひ」

ジェシカさんに案内されて、資料庫に入った。

中には鑑定練習に使われる、見本の魔宝石がずらりとガラスケースに並んでいた。

「わあ！　すごい……素敵です！」

テンションが上がってしまい、早速、端から鑑定を始めた。

どの魔宝石も美しい。

気品があって、美人で、可愛くて、美麗で、どれもこれも神秘的だ。

ああ、至福の時間だよ……。

その後、何度かジェシカさんがやってきて声をかけてくれたが、あまり耳に入らなかった。

時間が経って、ジェシカさんがまた入室してきた。

「オードリー嬢……ギルド閉館の時間が過ぎていてですね……申し訳ありませんが、また明日の閲覧をお願いしてもよろしいでしょうか……？」

「あっ」

気づけば窓の外が真っ暗になっていた。

「すみません！　つい夢中になってしまって……今すぐ片付けます！」

「オードリー嬢は魔宝石がお好きなんですね」

ジェシカさんが笑いながら手伝ってくれる。

「そうですね。何といいますか……父の影響でしょうかね」

「そうですかそうですか」

完全に石好きだと見抜かれている気がしてならない……。

その後、ご迷惑をかけてしまったのでランチをごちそうする約束をし、平謝りをして、そそくさと資料庫から退室した。

帰り道、ゆっくり歩きながら鞄の中身を確認する。

父さんの手帳。そしてエヴァンス鑑定事務所の書類に書かれた『所長：オードリー・エヴァンス』の文字に、勝手に頬がゆるんだ。

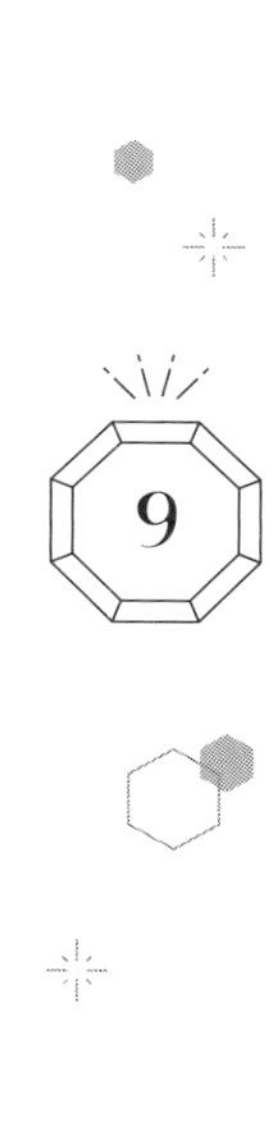

王都の一等地に居を構えるカーパシー魔宝石商では、事務職員の悲鳴がそこかしこから上がっていた。

「経費の処理どうなってる?!」「営業部の資料なんで準備してないんだよ?!」「鉱山のシフト調整まだですか!?」

採掘から流通までを取り扱っているカーパシー魔宝石商の業務は多岐に亘る。

事務処理は、人間で言うところの血液に当たり、正確に処理が行われていなければ営業や作業員がいくら仕事をしても循環されない。つまりは商会としての機能不全を起こす。

「あの〜、ドール嬢……鉱山従業員のシフトはまだでしょうか……?」

一人の女性事務員が恐る恐る、ドール嬢へと尋ねた。

「うるさいわね！　今やっているところよ！」

ドール嬢が金切り声を上げる。

女性事務員は愛想笑いをしながら、「なるべく早くお願いします……」と小声で言って自分のデスクへ戻っていった。

二百名分のシフト調整だ。

ドール嬢はデスクに用紙を広げて膨大なマス目と格闘していた。

オードリーの辞める宣言に腹を立て、「シフトくらい私がやるわ」と豪語したせいでこのような事態になっていた。

「たかが石を掘り返す仕事のくせにっ……生意気なのよあいつら！」

オードリーが辞めた直後、ドール嬢はシフトを作って提出した。

その翌日、鉱山の担当営業たちが事務所になだれ込んできたのだ。

こんなシフトじゃ回らない。

休暇の申請を無視、短日数契約している社員をフルタイムにする、従業員の経験値を度外視して組むなど——挙げればキリがない落ち度だらけのシフトであった。

鉱山の採掘は危険を伴う仕事だ。

従業員は気性の荒い者が多く、シフトには最新の注意を払う。

さすがのドール嬢も「今まではこんなことなかったのに」と言われてしまえば、そのプライドから、もう一度作り直すと言わざるを得なかった。

二百名のシフト管理は、熟練者でないとできないパズルゲームのようなものである。

初心者のドール嬢には荷が重かった。

「陰気女にできて私にできないわけないのよ……あいつは役立たずなんだから……」

ドール嬢が奥歯を嚙み締め、ペンを動かす。

デスクの隅に置かれたオードリーの引き継ぎメモが目の端に見えるが、ドール嬢はそれを見なかったことにした。

「ああ、もう！」

一人のシフトを動かせば、別の箇所がズレる。

何度目の失敗か、ドール嬢はデスクに置いた杖で生活魔法を使った。

書いた文字を消すという初歩中の初歩であるペン消し魔法だ。

鑑定士ならばできない人間は誰一人としていない。

この魔法があるため、鑑定士は契約などには消去不能な魔法ペンを利用する。また、ペン消し魔法で消された用紙には魔力跡が残るため、悪用には不向きの魔法だ。

ドール嬢は一列分のシフトを消し、有給申請の名簿を見て、机を叩いた。

「どいつもこいつもわがままますぎるわ！」

シフトはまだ半分も埋まっていない。

すると、入り口のドアが開き、鉱石を魔宝石へと加工する魔道具部署の従業員がやってきた。

「蛍石（ほたるいし）を簡易選別している鑑定士はどなたですか？」

魔道具師らしい怜悧な目をした四十代の男が、忙（せわ）しなく働いている事務員をつかまえて尋ねる。

ドール嬢へ顔が向くと、男が笑顔も見せずにデスク横に立った。

男は管理職の立場を名乗り、さらに口を開く。

「あなたが簡易選別をした……Cランク鑑定士ですね？」

男がドール嬢の胸についているゴールドバッヂを一瞥する。
ドール嬢はちらりと男を見上げ、すぐに視線をシフト表へと戻した。

「今忙しいの。後にして」

「加工前の蛍石（ほたるいし）に水晶（クオーツ）が交じっております。三日連続です」

「は？　そんなわけないでしょう？」

ドール嬢が片眉を上げて男を見上げた。

「魔宝石の鑑定ミスなら百歩譲りますが、鉱石の簡易選別を間違えるなど、Ｅランクでもしないミスです」

男の言葉にドール嬢はさっと顔を赤くした。

「ふざけたこと言わないで！　この私が蛍石（ほたるいし）ごときと水晶（クオーツ）を間違えるはずないでしょう?!」

「……ここ三日送られてきた蛍石（ほたるいし）は手垢まみれでした。今までは綺麗に磨かれており、魔道具師一同、皆さんの働きぶりには畏敬の念を覚えていたのです」

男が淡々と言う。

「忙しい仕事の合間を縫って、我々の仕事に配慮いただいていた。その気持ちに我々は商品の品質で応えておりました。ですが――」

男はポケットから鉱石の入った布袋を取り出し、ドール嬢の机にぶちまけた。

「水晶（クオーツ）が二百個も交じっていました。魔道具師の魔力は有限です。あなたは二百回分の作業を無駄にしたんですよ。これがいかに不利益なことかわかりますか？」

「知らないわよ。だいたい、私がミスするはずないもの」

ドール嬢が悪びれずに言い返す。

「そっちの管理ミスじゃなくって？　水晶(クォーツ)を紛れ込ませたんじゃないの？」

「魔道具部署は管理を徹底しています。それはない」

断固とした口調で男が言った。

「石磨きの担当が辞めたの。今後、石を磨くことはないわ。今までが特例だったと思ってちょうだい」

「……そうですか。ゾルタン様には一言伝えなければならないようだ」

「ゾルタン様がなんですって？」

恋人の名前が出てきて、ドール嬢が剣呑な様子になる。

「先代の言葉に従い何も言わずに働いておりましたが……今のカーパシー魔宝石商は利益を重視しすぎる。それに、あなたのような鑑定士を雇っていることにも疑問を覚える」

「Cランク鑑定士にそんなこと言っていいのかしら……？」

ドール嬢が目を吊り上げた。

「簡易選別もできない鑑定士に敬意を払う必要はない」

男が言い切り、踵(きびす)を返して事務所から出ていった。

「あんたなんかクビよ！　絶対クビにしてやるんだから！」

ドール嬢が魔道具師の背中に言葉を叩きつける。

男は一度も振り返らなかった。

このやりとりを聞いていた事務員たちから、何とも言えない視線が向けられる。

「何見てるの！　さっさと仕事をしなさい！」

デスクにぶちまけられた水晶(クオーツ)を乱雑に床へ払い落とし、ドール嬢が叫んだ。

そのとき見えたのは、事務所の隅にぽつんとあるデスクだ。

分厚い眼鏡をかけた地味なオードリーの姿を思い出してしまい、あわてて心の中で首を振る。

オードリーがいなくなったからこんな騒ぎになっているとは認められない。

何としても認められないのだ。

ドール嬢は自分のデスクに置いてあったオードリーの引き継ぎメモをぐしゃりと握りつぶし、一番下の引き出しに放り込んだ。

10

ギルドで屋号を引き継いでから、開業の準備に追われた。

事務所の引き継ぎ処理を役所に届けたり、父の関係者に連絡していたら、三日ほど経っていた。

ギルドには今日から依頼を受けると伝えてある。

そう、本日から私が所長であるエヴァンス鑑定事務所は営業スタートだ。

これから独立して、一人で仕事をすると思うと、わくわくしてくる。

仕事の依頼、来るかな？

小説のご令嬢のように私も活躍したい。

『この豆は焙煎が強いなぁ。ビターってやつ？』

父さんの作業台に乗って、ぼりぼりとコーヒー豆をおやりになっている精霊さん。

相変わらず、自分の体積よりも多く物を食べている。

食べたものはどこに消えるのだろうか……。

ひとまず、今日はやることがないので、依頼者が来るのを気長に待とうと思う。

駆け出しの私に指名依頼が舞い込むのは先になりそうだけどね。

ジョージさんがまとまった鑑定の仕事を回してくれるそうなので、当面の食い扶持は稼げる算段だ。本当にありがたいよ。

今日はのんびりと鑑定士の勉強でもしよう。

「これが気ままな独立ライフってやつかな？」

『ふん？　ふぁにかいっふぁ？』

『なんでもないよ。これから楽しくなりそうだなって思ったの』

『おーどふぃーの……むぐむぐ……目玉がキラキラになるのは嬉しいよ』

『それはどうも』

『この豆、くせになるね』

クリスタは笑顔でまたコーヒー豆を食べ始めた。

可愛いのに発言が相変わらず怖い。

ちょっと慣れてきたけれど。

ほっぺたをまん丸くしているクリスタを眺めながら、作業台の席に座り、練習用の魔宝石を手に取る。

ジュエルルーペを覗けば、きらびやかな魔宝石の世界へ私はいざなわれる。

瞳に魔力を流して深く潜ると、時間の感覚がなくなり、身体に浮遊感を覚えた。

——リーン

鑑定練習に没頭していると、魔道具の呼び鈴が鳴った。

顔を上げて、瞳に込めた魔力を霧散させる。

二度ほど頭を振ると、視界が現実に戻ってきた感覚になった。

そこでハッと気づいた。

『鑑定の依頼かもしれない』

クリスタを両手で持って玄関まで移動し、覗き穴から門を見ると、一人の男性が立っていた。

『そうなの？』

『そうだよきっと！　ジェシカさんが宣伝してくれるって言ってたから！』

つい三日前、ギルドの受付嬢ジェシカさんとランチに行ったとき、仕事を回しますね、と言ってくれたのだ。きっと、ギルドで私の名前を出してくれたに違いない。

豆をぼりぼりかじっているクリスタを玄関わきのコンソールテーブルに置き、鏡で髪と服に乱れがないか確認して、玄関の扉を開けた。

「お待たせいたしました！　いま門を開けます」

そう言いながら、早足に近づいて門を開けると、立っていた男性が低い声を出した。

「エヴァンス鑑定事務所はこちらか？」

「はい。ここで間違いありません――」

彼の顔を間近で見て、数秒間、時が止まった。

おとぎ話に出てくる王子様も裸足で逃げ出しそうな、美形の男性が佇んでいた。

年齢は私の二、三歳上に見える。

真夜中の空のようなダークスーツ、ダークロングコート、シャツと革靴まで黒いけど、魔宝石のような金色の髪が風になびいている。その下にある青い瞳がじっとこちらを見つめていた。神が最高傑作の人間を作ろうとしなければ、こんな美しい顔にはならない。そう思わせるほどの美麗な顔立ちだった。

顔つきが完全に無表情なので、黒塗りの名剣に、極上の魔宝石を載せたような、近づき難い印象を覚える。

手には、魔道具師の代名詞とも言える黒い魔算手袋(エディトグラブ)を身につけていた。

超美形の魔道具師……。

どうにか脳を動かして、小さくうなずいた。

「失礼いたしました。エヴァンス鑑定事務所にご用命でしょうか？」

「あなたがピーター・エヴァンス殿の後を継いだ、オードリー嬢か？」

彼が私のシルバーバッヂを見て言う。

「はい。そうですが……」

背が高いので見上げる形になった。

「魔道具師のレックス・ハリソンだ」

レックス・ハリソンと名乗る魔道具師が表情を変えずに言い、魔算手袋(エディトグラブ)をつけた右手を胸に当てた。

仕草は丁寧だが、近づき難い雰囲気に思わず後ずさりしそうになる。

ちょっと……というか、かなり気難しそうな方だ。

「指名の依頼をお願いしても？」

依頼という言葉に緊張が吹き飛んだ。

きた！　初依頼！

依頼内容はなんだろう。

鑑定？　それとも採掘？

採掘はまだ未経験だから、ぜひともやってみたい。

浮き立つ気持ちを抑えて、笑顔を向けた。

「もちろんです。何なりとお申し付けくださいませ」

「そうか。感謝する」

あまり嬉しくなさそうにレックス・ハリソンさんが言う。

無表情ここに極まれりといった表情だ。道端に落ちている石ころをジュエルルーペで鑑定したほうが表情の変化を見つけられそうだよ。ああ、こんなこと考えるのは失礼だね……やめよう。

「私のことはレックスで構わない。それで、依頼をしたいのだが？」

魔道具師と鑑定士は名前で呼び合うのが慣例だ。

私はうなずいて、大通りに視線を飛ばした。

「では、鑑定士ギルドへ参りましょう。そちらで詳しいお話をお聞かせくださいませ」

初対面の依頼者をアトリエへ迎え入れるのはまだ早いので、レックスさんと一緒に鑑定士ギルドへ移動した。

談話室のソファに座り、彼と対面した。

通りかかった受付嬢のジェシカさんが足を止め、小さく親指を立てている。そして口パクで何か言った。ちょっと頬が赤い。

なになに……すごいイケメンでしょ、頑張って？

「私の祖母がピーター・エヴァンス殿と知り合いで、今回の依頼はぜひ子女であられるオードリー嬢に、というのが指名依頼の経緯だ」

レックスさんが淡々と述べる。

「そうだったのですね。ありがたいことです」

まだこちらを見ているジェシカさんへ目配せをして「初依頼頑張ります」という気持ちを込めると、彼女はしばらくレックスさんの後ろ姿を眺めてから、受付へ戻っていった。

やはり、美形の男性で資格持ちは年頃の女性から大人気らしい。

うーん。その感覚、よくわからない。

ゾルタンしかり、見た目のいい男が性格もいいとは限らないから、手放しで赤面するのはいかがなものかと思うんだけれど。

彼に視線を戻す。

とんでもない美形だ。

でも、ずっと無表情だ。

「詳しくお話をおうかがいしてもよろしいでしょうか？」

初依頼ということもあり、なるべく笑顔を作る。

彼が膝に腕を乗せ、長い指を組んだ。

「アゲリ砂漠をご存じか？」

「局地砂漠ですね。大昔に古龍が大魔法で縄張り争いをして、その魔力残滓のせいで定規を引いたような正方形の砂漠になっている場所です。魔宝石も様々な種類を採掘できます」

「期待の星と呼ばれているだけある」

レックスさんが表情を変えずにうなずく。

ああ、ジェシカさんが言ったらしい。あまり持ち上げられると背中がむずむずする。

「私には荷が重い言葉ですが……局地砂漠の魔宝石をお求めですか？」

「そうだ」

「なるほど」

局地砂漠とは、魔力残滓のせいで局地的に砂漠化している地帯のことを指す。

草原がいきなり砂漠に変化しているので、初めて見たときは驚いた。

王都から馬車で四時間ほどの場所にある。

生態系が特殊であるため、採掘できる魔宝石も貴重なものが多い。面積は一辺が十キロメートルの正方形だ。中心部に近づくと危険度が上がる。

レックスさんが首肯し、少し考えてから口を開いた。

「〝砂漠の薔薇（デザートローズ）〟の採掘は可能か？」

「〝砂漠の薔薇（デザートローズ）〟ですか。知識はあるのですが……」

アゲリ砂漠の浅所の中域に出現するが、砂漠を掘り返さないと出てこない厄介な魔宝石だ。

魔力の流れを読むことに長けた鑑定士でないと採掘はできないと言われている。

採取難易度は中級から上級の間といったところだろう。

行きたいです！　と大声で言いたいところだけど、失敗すると迷惑がかかるんだよね。

「私には荷が重いかと思います。もう少し経験を積んでからお受けしたい案件かと……残念ですが」

そう言うと、ポケットの中に入っていたクリスタが顔を出した。

『え～、オードリーなら大丈夫だよ』

お気楽な調子で言われると、そうなのかな、と勘違いしそうになる。

クリスタはすぐに顔を引っ込めて消えた。言い逃げってやつだ。

私だって受けたいんだけどね……。

想像するだけで高揚してくる。

黙り込んだ私を見て、レックスさんが青い瞳を宙へ向けた。

「オードリー嬢は採掘が未経験とのことだったな。それならば、採掘に同行してもいいか？」

「同行ですか？」

思わず尋ねると、彼が胸ポケットから一枚のカードを出した。

金に縁取られた名刺サイズのカード。傭兵ギルドの証明書だった。

「ランクはＣだ。剣術と攻撃用魔道具を使える。アゲリ砂漠の深所以外なら問題なく対処できるだろう」

魔道具師の中には傭兵ギルドに登録している人もいるとは聞いたが、彼もその一人らしい。

Ｃランクなら、傭兵業で十分に食べていける実力だ。

「大変ありがたいのですが……お急ぎではないのですか？」

「祖母はオードリー嬢の採掘を望んでおられる。同行するのが早い」

「失敗するかもしれませんよ？」

「問題ない。その場合は祖母にありのままを伝えるだけだ」

レックスさんのおばあ様ってどんな人なんだろう？

敬語を使っているから身分が高い人みたいだけど……。依頼者の内情を詮索するのはあまりよろしくないか。

そういえば、父さんがよく「依頼者を見極めろ」と言っていた。

これは失敗だ。

初依頼に舞い上がっていた。

お人好しの鑑定士が犯罪を目的とした魔宝石を採取させられる事例も、過去何度か発生している。

ここでまた気を引き締め直そう。

「……そうですね」

正直なところ、何の根拠もないけど、この依頼にはいい予感がしている。

レックスさんも顔がやたらに美しいけど、それを鼻にかける人ではない。無表情と突き放したような話し方は、そういうものだと思えば別に問題なさそうだ。無口と無表情には父さんで慣れている。

依頼者と鑑定士の関係は千差万別だと言うし……。

よし、決めた。

「採掘のご依頼をお受けしたいと思います。念のため、ギルドに確認させてください」

一礼してソファから立ち上がり、二人で受付へ移動する。

受付嬢ジェシカさんに事情を説明すると、にこやかに了承された。

「オードリー嬢の実績を作るには最適かと思います。難易度の低い赤鉄水晶も採掘してしまえば、依頼失敗とはなりませんよ。私のほうで、二つを依頼内容とさせていただきます」

「そんな裏技があるんですね」

「ええ。依頼主様にご了承いただければですが」

ジェシカさんがちらりと見ると、レックスさんがうなずいた。

「問題ない。無理を言っているのはこちらだ」

赤鉄水晶は鉄のサビを吸い取る魔宝石だ。

鑑定も採掘も簡単な部類に入る。

「ご無理はなさらず日帰りでお戻りください。少々お待ちを……こちらです」

ジェシカさんの出した依頼票を見る。

赤鉄水晶の交換レートが書かれていた。多めに採掘すれば一週間分くらいの稼ぎになりそうだ。

今回はあまり取るわけにはいかないけれど。

「護衛の傭兵は手配なさいますか？」

ジェシカさんはレックスさんが気になるのか、彼に視線を飛ばしつつ、聞いてくる。

すると、彼が一歩前へ出てきた。

「私が同行する。すぐにでも出発したい」

傭兵ギルドのカードを出したレックスさんを見て、ジェシカさんは頬を染めた。

「それならば、はい。大丈夫です。魔道具師でお強いなんて素敵だわ……デートしたい」

ジェシカさん、完全に顔が赤い。

彼女の小声は聞かなかったことにして、一礼した。

「ジェシカさん。傭兵ギルドで手続きをしてからアゲリ砂漠に行きますね。よろしくお願いいたします」

「はい、いってらっしゃいませ」

ジェシカさんに見送られ、傭兵ギルドで彼を雇う契約を交わし、一度別れた。

三十分後に東門の前で集合という約束だ。

一度家に帰り、サンドイッチとコーヒーを作る。

『あ、つまみ食いしないで。こっちを食べてね』

『はぁい』

クリスタ用に作ったサンドイッチを皿に出すと、もりもりと食べ始めた。可愛い。

「さてと。急いで着替えよう」

鑑定士になってやりたかったことの一つが、採掘作業だ。

自分で魔宝石を探して、鑑定し、販売する。

なんて夢のある仕事だろうか。

クリスタに教わった精霊魔法もあるし、魔物が出てきてもある程度の対応は可能だろう。レックスさんもCランク傭兵だ。安全マージンは取れているかな？

ほっぺたをリスみたいにしているクリスタを横目に、採掘の準備をしていく。

採掘グローブ、小型鉱物ハンマー、砂よけのマスクとゴーグル、鑑定士がよく使う頑丈なバックパックを背負う。日帰りのため、装備は必要最低限。

服装は女性鑑定士に人気の探索用パンツを購入しておいた。

オシャレはさっぱりわからないので、とにかく機能性重視だ。

髪の毛は一つ結びにし、目元はもちろん裸眼。

メイクもやり直した。

モリィに、一経営者になったのだから見た目は非常に重要だと懇々と説明された。そのため、初心者用のメイクセットは買い揃えておいた。汗をかきそうなときはこっち、と言われたメイク道具を使う。

うーん……メイク、もうちょっと練習したほうがいい気がする。

荷物を確認して、胸元に鑑定士のシルバーバッヂをつければ準備完了だ。

家を出て、馬貸しで二頭立ての馬車を借りた。

待ち合わせの東門に到着する。レックスさんはまだ来ていないみたいだね。

変則的な形にはなったけど、初の採掘に出かけられる。

まだ午前中だ。急いで砂漠に行けば、夜には帰ってこられそうだ。

『嬉しそうだね』

ポケットから飛び出したクリスタが顔の前に浮かぶ。

通行人から見えないように、馬車の陰に隠れた。

『夢にまで見た採掘だよ。もう興奮が止まらないよね……。ああ、我が道は果てなく続いている。それならば、どこまでも行こう。地の果て、空の向こうまで!』

『オードリー、カッコいいよ!』

小説のご令嬢のセリフを引用したら、クリスタが合いの手を入れてくれた。

『女で騎士になれぬと神は言ってはおらぬ。そう、女で鑑定士として独立してもいいのだ。父さんから屋号を引き継いだ、オードリー・エヴァンスの物語はここから始まる!』

興が乗ってきたのでポーズもつけてみた。

右手を差し出し、左手を胸に当てる。

『いいぞいいぞ～！』

クリスタが小さな手でぱちぱちと拍手してくれた。

『どうもどうも。大根演技で失礼しました』

そう言ったところで、馬車の端から視線を感じた。

嫌な予感がして振り返ると、レックスさんが立っていた。

無表情な彼と目が合い、数秒間、視線が交錯する。

「何語かわからないが、趣味は人それぞれだ」

「……あの、未来永劫忘れてください……」

茶化されるわけでもなく、淡々と言われるとかえってつらいです……。

穴があったら入りたい。

「努力する」

「そこは絶対じゃないんですね……」

「生憎、面白い出来事は忘れない質(たち)でね」

そう言って無表情を一切崩さず、レックスさんは馬車へと乗り込んだ。

面白いと思っているなら少しくらい笑っていただきたかった……。恥ずかしすぎる。

私も何も言わず、静かに馬車へ乗り込んだ。

II

馬車は街道を進む。

運転練習をしたかったので、私が御者席に座って手綱を握っていた。

父さんに教えてもらった記憶は消えていなくて、問題なく運転できる。六年ぶりだけど、意外と忘れていないものだね。

「速度を上げてもいいですか？」

後ろの席にいるレックスさんに聞く。

読んでいる本から顔を上げて、彼が「構わない」とうなずいた。

手綱を操ると、馬が小さく鳴いて速度を上げた。

おとなしい子にしてもらったから扱いが楽だ。

ガラガラと車輪のこすれる音と、馬の息遣いが聞こえる。

そういえば、流れで護衛をお願いしたけど、男性と二人きりの状況は初めてだ。

傭兵ギルドに言えば女性を指名することもできたけど、これはこれでいいだろう。自由な感じが独立した鑑定士っぽくて大変に良いと思う。それに、彼が私を異性として見ることもなさそうだし、男の同行者がいると面倒くさいナンパ行為もなくなるから願ったり叶ったりだ。

まあそもそもの話、私がナンパをされる気がしないけど。

逆に、王都を出るまでレックスさんが目立っていて、女性からの熱視線が痛かった。

彼も街道に出てホッとしているような気がする。無表情だから推測だけど。

ちらりと後ろを見てみる。

彼は片足を伸ばし、くつろいだ様子で本を読んでいる。横顔は造形物のように美しかった。

うん。気になるのは、本を読んで馬車酔いしないことだ。これだけ揺れて、よく気持ち悪くならないよね。何か秘訣でもあるのだろうか。


その後、休憩を一度挟んでアゲリ砂漠に到着した。

久々に来たけど、やはり独特な光景だ。

「……これは面白い」

レックスさんもアゲリ砂漠を見つめる。

青々とした草原が砂でぶつ切りにされ、街道も砂漠で途切れている。

自然の雄大さと恐ろしさを感じさせるには十分だった。

「おーい、こっちに寄せてくれ」

アゲリ砂漠の管理人らしき男性が私たちの馬車に向かって叫ぶ。

貴重な魔宝石が採れることから、王国が入り口で管理をしている。

駐在場所の小屋に甲冑姿の兵士が数名待機しており、私たちの馬車を誘導して、駐車場所を指定してきた。

馬車から降りると、もっさりした髭を蓄えた中年の管理人が、私とレックスさんのギルドカードを確認した。

「Dランク鑑定士とCランク傭兵だな。目的は？」

「赤鉄水晶と〝砂漠の薔薇〟の採掘です」

「おお、そうか」

管理人は強面だが、意外にも人懐っこく笑った。

「赤鉄水晶は在庫不足みたいだな。王国から何かと注文が多いらしい。しっかしお嬢さん、その若さで鑑定士様か！　まだ十七くらいだろう？　優秀だねぇ〜」

「いえ……二十一です。ご期待に添えず申し訳ありません」

昔からマイナス三、四歳で言われるんだよね。

もっと背がほしい。

「若作りはお得じゃねえか！」

どうやらおしゃべりな管理人らしく、書類にペンを走らせながら、次はレックスさんへと瞳を向けた。

「兄ちゃん、土龍が産卵期に入っているからな。奥に行くなよ」

「承知した」

レックスさんが無表情にうなずく。

「にしてもあんたずいぶん色男だな。土龍の雌に見つかったら巣にさらわれるかもしれねえ。気をつけろよ！　ダハハハハハッ！」

自分のジョークに大爆笑する管理人。

周りの兵士も呆れている気がする。

もうちょっとデリカシーというものをですね……。

「土龍は人間をさらわん。食われるほうが怖い」

言われ慣れているのか、レックスさんがそれだけ返し、管理人の書き終わった書類を受け取った。

「行こう」

「はい。失礼いたします」

管理人に挨拶をし、私たちは持ち物の点検を済ませた。

今日は風がほとんどない。

砂よけのマスクとゴーグルは首にかけたままにし、小型鉱物ハンマー、ジュエルルーペ、採掘グローブなど、鑑定士の必需品を点検し、バックパックを背負う。

レックスさんは全身黒ずくめで、マスクもゴーグルもしておらず、長剣を佩いている。

どうやら身につけているマントで砂を防御するらしい。

背中にはトランクのような長方形の鞄を背負っている。鞄にはベルトで締めるタイプのポケットが多数ついていて、中に魔道具が入っていることが窺い知れた。

魔道具師の傭兵っぽい装備がカッコいい。

ご令嬢の小説にも魔道具師が出てきて、これがまたいいキャラをしてるんだよね。あのキャラは道具をたくさん持っていて、ご令嬢が何度も驚いていたっけ。

「こいつが気になるか？」

レックスさんが背負ったトランク型の鞄を親指で差した。

「あ、すみません。めずらしかったもので」

「そうか。では、魔物が出たときの対処法を話そう」

魔物に襲われた際の動きをレックスさんと確認する。

彼が合図したら、私は後方へ退避するという簡単なものだ。

『魔物なんか魔法で一撃なのに』

クリスタが呆れ顔で言うが、魔物に対して使ったことがないので、威力の調整をできる自信がなかった。魔法は極力使わない方針でいこう。

◯

砂漠に足を踏み入れたレックスさんが地面を見て、後方の草原を見た。

どうやら、局地砂漠に入るのが初めてらしい。

「不思議ですよね。世界の大きさを感じます」

大きく息を吸ってみる。

砂の匂いと、石が焼けたような独特な香りがした。

振り返ると「気をつけろよ～」と手を振る管理人の姿が見えた。

軽く手を上げて応え、足元に注意しながら進んでいく。

アゲリ砂漠は岩と砂が混然としていて、気を抜くと足をひねってしまう可能性があった。考え事をしてたまにつまずいたりするから、気をつけないと。

バックパックのサイドポケットから地図を取り出し、行き先を確認する。

「北東が赤鉄水晶の採取地帯ですね。〝砂漠の薔薇(デザートローズ)〟はその先です」

「了解した」

「あちらです」

首から下げている方位磁石で方角を確認し、指さすと、彼が警戒しながら私の前を進む。

脚さばきが軽やかだ。砂に足を取られることもない。

バックパックの位置を直し、遅れないように進む。

採掘初心者なので、疲れたらペースダウンしてもらおう。気持ちは急(せ)いているけど焦る必要はない。鑑定士としての第一歩だ。

『砂漠だ～、アハハハ～』

クリスタが笑いながらお尻を振り、空を飛んでいる。

私は笑顔で応え、レックスさんの背中を追った。

黙々と砂漠を進む。

レックスさんはずっと無言だ。

父さんが無口だったので静かな空気には慣れている。

途中、鉄華サソリという魔物が出たけど、レックスさんが一振りで退治してくれた。

父さんが魔物に魔法を撃ち込む姿を子どもの頃から見ていたから、その辺の忌避感はほとんどない。モリィは小さな虫も苦手だ。見たら悲鳴を上げるだろう。

「解体しますか？」

「針の部分だけ取る。周囲の警戒を」

レックスさんがトランク型の鞄を下ろし、ナイフで手際よく尻尾の針を取り出した。毒抜きをすれば医療関係の魔道具素材になるらしい。一つ勉強になった。メモしておこう。

ほどなくして採掘場所に到着した。

赤茶けた色の岩石地帯が広がっていて、砂よりも鉄の匂いが強い。

風が岩にぶつかって、ピュウと細い音を上げていた。

どの岩も掘り返されて表面がでこぼこしている。

「手前は取り尽くされています。奥に進みましょう！」

気分が上がってきて、腰の鉱物ハンマーを手に取った。

早く採掘したい。

急に元気になった私を見てレックスさんが呆れている気がしないでもないが、この気持ちは抑えようがなかった。

風の鳴く音を聞きながら、岩の間を慎重に進む。幸いにも岩石は点在しているので、歩きやすい。

『オードリー、これ、いいんじゃない？』

ふわふわと宙を浮いていたクリスタが台形の岩を指さした。

「レックスさん、そのあたりで大丈夫です」

彼に声をかけて止まってもらう。

集中力を高めて魔力を瞳に流すと、岩に微量な魔力の流れを感じた。

「わかるか？」

「見えませんか？」

「こんな大岩、解析していたら三日はかかる」

「魔道具師は魔力を数式で見ると聞いていますが、実際はどうなのですか？」

魔道具師も魔力を扱う職業であるが、彼らは魔算手袋（エディトグラブ）を通じて、数値化された魔力を見る。

根本的に、鑑定士とは魔力との向き合い方が違う。

「記号化された数字が重なって見える。この大岩全体を解析する場合、必要な演算処理は、十桁の掛け算を千回するイメージだ」

レックスさんが魔算手袋（エディトグラブ）を装着した右手を岩に添え、無表情に言う。

どうやら会話を完全に拒否されているわけではないみたいだ。

少し安心した。

レックスさんは大岩を指で軽く叩いた。

「逆に聞くが、鉱物の魔力を見るのはどうやるんだ？　人間の魔力ならまだしも、鑑定士の感覚がわからない」

「私も最近できるようになったのであれですが、なんというか、こう、ぼんやりと光のようなものが見えますね」

「鑑定士が言う〝潜る〟というやつは？」

レックスさんは魔宝石を鑑定するときに見る、魔力の流れを言っているらしい。

「自分自身の意識が沈んでいくような感覚です」

「どれくらい訓練を？」

「八歳の頃からなので……十三年ほどですね。毎日欠かさず父さんの組んだメニューをこなしていました」

「……鑑定士の合格率が一割というのも納得だ」

レックスさんが小さく肩をすくめた。

魔道具師は理数系。

鑑定士は芸術系。

その例えは当たっている気がする。

共通点があるとするなら、両職業とも相当量の知識が必要なことだろう。

魔道具師は微量な魔力量でも資格を得ることができるけど、専門学校に通っても合格者は半分ほどらしい。

今思えば、魔力を手に入れて一発で鑑定を成功させたのは結構すごいことなのかもしれない。クリスタと契約したのが大きいよね。

ともあれ、採掘だ。

バックパックを下ろした。

「では、作業を開始しますね。時間がもったいないので」

ふふふ……ついに父さんからもらった鉱物ハンマーが火を吹くときがきた。

「危険があれば合図を送る」

レックスさんが手頃な岩に飛び乗った。

「ありがとうございます」

お礼を言って、ハンマーを振った。

片手サイズの鉱物ハンマーは狙いを違わず、赤茶けた岩のくぼみに吸い込まれた。

カチン、と衝撃が響いて岩がこぼれる。

文献で読んだ通り、女の力でも掘削できるみたいだ。魔力の流れを見るに、やや手前の部分に赤鉄水晶が眠っていそうだった。

にんまりと両頬が上がっていくのを止められない。

『頑張って〜！』

『了解！』

クリスタの応援に答えつつ、ガシガシと掘削していく。

魔力の流れが濃くなった気がしたので、鉱物ハンマーをベルトホルスターに戻し、バックパックから平タガネと石頭ハンマーを取り出した。

平タガネの先端を掘削部分に添え、慎重に石頭ハンマーで柄を叩く。

フライ返しのように先端が平たくなっている平タガネの先が、ずぶりと岩に沈み込んだ。さらに慎重に、小刻みに柄を叩く。

ある程度、先端が岩に入ったので、テコの原理で外側へと平タガネを動かした。

ぼろり、と岩の破片がこぼれ落ちて、中から赤鉄水晶が顔を出した。

赤オレンジ色の半透明。理想的な両錐水晶の形をしている。これは質もよさそうだ。

「出ました！　赤鉄水晶です！」

叫ばずにはいられない。

「はぁ～、会いたかったよ～。いい子いい子」

鈍い赤オレンジの赤鉄水晶を指で撫でてみる。

当たり前だけど硬い。

岩に乗っているレックスさんが、「そうか」と言ってくれた。

「はい！」

満面の笑みでうなずき返し、赤鉄水晶を傷つけないように周囲を削り、取り出した。

重さは十グラムほど。

太陽にかざすと半透明の赤オレンジ色が反射した。

ジュエルルーペで覗いてみると、赤い閃光のような魔力の流れが見えた。不純物が少ないことから、魔宝石に分類される赤鉄水晶で間違いなかった。

鉄サビを自然に吸収してしまうことから、その効力を失っていることも多い。

その場合は魔宝石ではなく、ただの鉱石に成り下がる。

最初から当たりだ。

『初採掘おめでとう！』

クリスタが嬉しそうに笑い、赤鉄水晶につま先立ちしてくるくると回った。

『ありがとう。全部クリスタのおかげだよ』

小さな声で返しておく。

鑑定士としての初採掘に胸がいっぱいになった。

◯

「二個採掘すれば依頼としては十分だろう」

「そうですね」

「まだ掘りたそうな顔だな」

「そうです……かね？」

多分、何も言われなかったら延々と掘り続けていた気がする。

「お腹が空きませんか？　休憩にしましょう」

気恥ずかしくなってきて、話題を変えることにした。

ちょうど平たい岩があったので、バックパックから敷物を取り出して置き、二人分のサンドイッチを出した。瓶に入れておいたコーヒーを木製のカップに入れる。

「コーヒーか」

魔物除けの音が出る魔道具を設置したレックスさんが、カップを見て敷物に座る。

表情は相変わらず変わっていないが、どこか嬉しそう……な気がした。

「お好きなんですか？」

「嗜む程度だが」

そう言いつつ、彼はカップを手にして一口飲んだ。

ぬるくなっているのが残念だ。でも、レックスさんは気にした様子もなく顔を上げた。

「……南方地域の豆だな」

「南方ケニエスタ豆ですね」

話をしてみれば、彼は無類のコーヒー好きらしく、私よりも数段詳しかった。

モリィに奢ってもらったラピスマウンテンも飲んだことがあるそうで、しばらくコーヒーの話題が続いた。

ぽつり、ぽつりとだけど、レックスさんが返事をしてくれる。

無言よりよほどよかった。

「いずれ、世界中の魔宝石を鑑定するのが私の野望です。その中にコーヒー豆も追加しましょう」

「そうか」

うなずいて、彼がサンドイッチを頬張った。

雇った傭兵の食事は、基本的には依頼主が準備することになっている。護衛に余計な荷物を持たせないためだ。

もりもりと食べてくれるのは、作ったこちらとしても嬉しいね。

私も食べていると、風が強くなってきた。

彼が気を利かせて風上に移動し、風が当たらないように片手でマントを広げてくれた。無表情だけど、優しい人なのかもしれない。

「ありがとうございます」

「それより早く食べてくれ。〝砂漠の薔薇(デザートローズ)〟が本命だ」

「そうですね。急ぎます」

目の前のサンドイッチに集中することにした。

黙ってパンの風味を楽しんでいると、食べ終わったレックスさんが、私をじっと見つめてきた。

「オードリー嬢は、気にならないのか？」

突然の問いに、サンドイッチを食べる手が止まる。

「えっと……何がでしょうか？」

「顔だ」

「お顔、ですか？」

なんのことだろう。

「私の顔だ」

「レックスさんの？」

レックスさんを観察してみると、やはり神が作ったと言われても納得してしまいそうな美しい瞳、鼻筋、整った唇、風に揺れる金髪が目に入る。黄金比率というのはレックスさんの相貌を言うのかもしれない。

例えるなら、ダイヤモンドのラウンドブリリアントカットだ。

ラウンドブリリアントカットはダイヤモンドの原石を五十八面体にカットする、もっとも光をつかまえる研磨のことで、今から二百年ほど前に考案された。

研磨の比率が少しでもズレると光の反射があらぬ方向へと漏れてしまい、完璧なカットとは言えなくなる。ダイヤモンドの輝きは研磨師の腕次第だ。

「……」

「オードリー嬢」

「あ、はい。なんでしょうか？」

「もういい。忘れてくれ」

「ああ、すみません！　じろじろと見てしまいまして……。結論から申し上げると、特に気になるところはありません。素晴らしいブリリアントカットだと思います」

「……ブリリアントカット？」

「……忘れてください」

レックスさんは無表情に肩をすくめ、目線で私にサンドイッチの続きを食べろと促してきた。

12

休憩後、〝砂漠の薔薇（デザートローズ）〟を採掘するため出発した。

ざくざくと砂漠地帯を歩く。目指すはサボテン地帯だ。

地図を見て、方位磁石で方角を確認する。

「魔法を使ってもいいでしょうか？」

歩きながら言うと、レックスさんが足を止めた。

『何を使うの～？』

クリスタが顔の横に飛んできて聞いてくる。

「前進補助の魔法を使おうかなと思いまして」

『【前へ（エヘア）】の言霊（ワード）ね。うんうん、いいんじゃないかな。オードリーはもう少し運動したほうがいいけど』

小さな腕を組んで、クリスタが言ってくる。

ちょうどレックスさんの顔の横を飛んでいるので、笑みを浮かべてうなずいておいた。

「興味深い。ぜひお願いする」

レックスさんが魔法をかけやすいよう、こちらに向き直ってくれた。

「ありがとうございます。では――【前へ（エヘア）】」

魔力の波が飛んでいき、彼に吸い込まれた。

「何も起きないが？」

「歩いてみてください。補助されますよ」

説明しながら、自分にも【前へ（エヘア）】と唱える。

足を出すと、バックパックを後ろから押してもらっているような感覚で、一歩進んだ。

「これはいいな」

レックスさんが確かめるように歩く。どうやらお気に召したようだ。

『あと四つ重ねがけしなよ～。そうすれば一歩が百歩になるよ』

クリスタがケラケラと楽しそうに宙返りをする。

言霊（ワード）の重ねがけは魔力調整が困難なので、試す気になれない。合計五つも重ねたら、一歩でどこかへ吹き飛んでいきそうだ。

『考えておくよ』

小声で答え、砂を踏みしめる。

一時間ほど順調に進むと、茶色の砂漠地帯に、ぽつぽつと緑の物体が見えてきた。

「サボテン地帯です」

アゲリ砂漠は子どもの頃、父さんに連れてきてもらったけど、サボテン地帯までは来たことがない。図書館の文献や写生で見ただけだ。

見ると聞くとは大違いで、自然の雄大さを実感できた。

視界のずっと向こうまで、サボテンが点在している地帯が続いている。

このどこかに魔宝石が眠っているのか……。

勝手に口角が上がってきてしまう。

うん。今すぐにでも走り出したい。

でも、さっきの採掘ではしゃぎすぎた気がするので、背筋を伸ばして冷静な顔を作った。

「〝砂漠の薔薇(デザートローズ)〟を探しましょう」

「地中に埋まっているのだろう？　どうやって探すんだ？」

レックスさんが聞いてくる。

「〝砂漠の薔薇(デザートローズ)〟は石膏が長い年月をかけて溶け出し、成長したものです。かつて水があった場所でないと採掘できません」

「ということは……水源地を探せばいいと？」

「はい。サボテン地帯にはオアシスが点在していたそうです。古くて大きなサボテンを探して、その近辺を掘り出すと出てくることが多いそうです」

文献の知識だけど、父さんも言っていたことなので間違いないはずだ。

「すなわち、何百メートルも移動して砂を掘り返し、見つからなかったら移動する……ということだな？」

「そうですね。オアシスにあった魔力の痕跡も探しますので、闇雲に探すわけではありませんよ。頑張りましょう」

『探すぞ～！　お～！』

クリスタが右腕を上げ、くるくると回る。

「承知した」

レックスさんがうなずいた。

サボテン地帯とは言っても、一本一本が離れて生えているため、探索にはかなりの時間を使う。

私たちは、ひときわ大きなサボテンを目指して歩き出した。

さらさらと砂を踏みしめる音が微かに響く。

まだ見たことのない魔宝石に胸のときめきが止まらない。

ああ、どんな形をしているんだろう？

「〝砂漠の薔薇(デザートローズ)〟は不定形魔宝石に分類されます」

冷静になろうと努力したけど、どうにもそわそわしてきてしまい、誤魔化すためにレックスさんに話しかけた。

「不定形？」

「室内の装飾に使われるペーパーフラワーというものがありますが、〝砂漠の薔薇(デザートローズ)〟はあれと似ているんです。紙を何枚も重ねて薔薇に見せるように、〝砂漠の薔薇(デザートローズ)〟も薄い石膏が何枚も重なって薔薇のように見えるんです」

「できるまで数十年も時間がかかるのだろう？　不思議なものだな」

「そうなんです。しかも、魔宝石に分類されるには、魔力も一緒に取り込まないといけないので、貴重な魔宝石なんですよ」

　早口に説明して足を速める。

「なるほど」

「早く見つけたいですね」

「同意見だ。祖母が待っている」

　レックスさんが私のやや前に出て、周囲を警戒しながら進んでくれる。

『言霊（ワード）で瞳に魔力を通しなよ～』

　クリスタがふわふわ浮かび、顔の横で言ってくる。

『鑑定のときみたいに魔力を流すのじゃダメなの？』

『言霊（ワード）を使ったほうが遠くから探せるよ。オードリーはもっと精霊魔法に慣れないとね～』

『……そっか。そういう使い方もできるんだったね』

　歩きながら小声でしゃべり、父さんの手記にあった言霊（ワード）を思い出した。

「――【瞳（オイミイ）よ】」

　言霊（ワード）を口から出すと、魔力が身体の中心から眼球へ移動し、目の前が少し青みがかって見えるようになった。

「オードリー嬢？」

レックスさんが足を止めて振り返る。

「すみません。魔力を広範囲に見る魔法を使いました」

「そんな魔法があるのか」

「父から伝授された魔法なので知られていないかもしれません」

「見えるか？」

「そうですね……」

目を凝らしてみると、うっすらとではあるけど、ぼんやりとした黄色い光が見えた。

巨大なサボテンからやや離れた場所が、ひときわ濃く見える。

あれが魔力の多い場所だろう。

「私たちが向かっている場所で問題ないようです」

レックスさんがうなずいて、また歩き始めた。

私も後を追う。

『愛想がない男だねぇ』

クリスタが右回転にスピンしながら、レックスさんの後頭部付近で変な顔を披露している。

ちょっと可笑しくなってしまい、笑いをこらえた。

レックスさんの無表情と落差がありすぎて、クリスタがより可愛く見える。

それから十五分ほどかけて巨大サボテンの下に到着した。

右手を挙げているように生えているサボテンは、大きな影を作っている。十五メートルはありそうだ。出ている棘が私の腕くらい太い。

バックパックから水筒を取り出して一口飲み、瞳に魔力を込めて、魔力の濃い場所を探す。

「あの辺に魔力だまりがありますね。位置的にもオアシスがあっておかしくなさそうです。ひとまずあそこから掘り返して――」

「静かに」

レックスさんが魔力だまりの付近を見て鋭く言った。

「あの……何か？」

「砂が動いている」

彼が素早く鞄から銃のような魔道具を取り出し、さらに腰に佩(は)いた剣を抜いた。

「――退避だ！」

「は、はい！」

あわてて後方へと走った。

それと同時に砂が盛り上がって飛び散り、砂中から体長十メートルほどの魔物が現れた。

茶色の硬質な皮膚に、ナマズのような髭、鋭い牙、大きなトカゲのような生物。

魔物だ……！

「土龍(どりゅう)か！　なぜこんな場所に」

レックスさんが躊躇せずに銃型の魔道具を撃ち込んだ。

ダァンと周囲をつんざく音が響き、閃光が土龍の目に直撃した。

土龍が痛みで背中を反り返し、咆哮する。

「……っ！」

咆哮の大きさに両手で耳を塞いだ。

耳が痛い！

レックスさんは銃型の魔道具を放り投げ、素早く回り込んで長剣を土龍の尻尾に叩き込んだ。

丸太ほどの太さの尻尾に、長剣が食い込み、紫色の鮮血が飛ぶ。

さらなる悲鳴が上がり、土龍が暴れまわる。

「オードリー嬢離れろ！　こいつ、跳ぶぞ！」

「了解、ですっ！」

転がるようにしてさらに後方へ走ると、のんきな調子のクリスタが目の前に現れた。

『土龍くらい魔法で退治できるよ～』

『そんなこと言われても！』

『言霊は覚えてる？』

『覚えてるけど！』

大きな体軀の割りに素早い土龍が砂を巻き上げ、こちらに跳躍してきた。

「ひゃあ！」

砂が巻き上がり、着地地点にあったサボテンがぐしゃりと潰れる。

目の前には片目を負傷し、怒りに満ちた土龍の瞳があった。

恐怖で喉元がきゅっとなり、両手が震えた。

「目をつぶれ！」

レックスさんが土龍の尻尾付近から声を上げると同時に、円柱の黒い瓶らしきものを投げ込んだ。

咄嗟に目を閉じると、まばゆい光が周囲を照らした。

土龍が悲鳴を上げる。

閃光魔道具だ。

「走れ！」

悶絶している土龍の横を走り、近づいてきたレックスさんが、私の手を取る。

目を開けてうなずくと、すぐさま走り出した。

彼に手を引かれるまま砂を踏みしめる。

後方を見ると、視界が戻ってきたらしい土龍が頭を何度も振り、その太い腕で近場の岩を握ると、器用に振りかぶった。

そんなのあり⁈

「チッ！」

レックスさんが右腕につけていた魔道具で防護壁を作り、私をかばうようにして突き飛ばした。

ガラスの弾けるような音がして彼のくぐもった声が響く。

視界がぶれて倒れ込み、顔が砂に埋まる。

瞬時の出来事に頭が追いつかない。

振り返ると、レックスさんが後ろに倒れていた。

「レックスさん！」

「……問題ない。こいつはもう使えそうもないが」

彼が腕輪型の魔道具を見て、緩慢な動きで立ち上がる。

土龍は私たちが倒れていることに愉悦を感じているのか、鋭い牙を出してゆっくりと近づいてくる。

どうする？

救難信号の魔道具を使っても兵士たちが来るのに時間がかかる。

どうにかして逃げないと……。

「魔法で五秒ほど牽制できるか？」

レックスさんが筒状の魔道具を組み立てながら、聞いてきた。

対抗策があるようだ。

『ねえオードリー、鑑定士は土龍くらい鼻で笑うものだよ？』

『常識の不一致を感じるけど、了解。先生』

ホルスターから鉱物ハンマーを出して構える。身を護るものがほしかった。ただの気休めだ。

「いけます」

レックスさんに答えると、彼が大きな筒を構えた。

「合図したら撃て」

「了解です」

『言霊(ワード)は五つ重ねがけでいいかな』

クリスタが耳元で言う。

うなずいて、覚えた言霊(ワード)を思い浮かべる。

多分、倒せないけど、私の役目は牽制だ。

意識を集中させ、土龍を見据えた。

「よし、撃て！」

レックスさんが叫ぶ。

土龍は私たちの様子がおかしいと思ったのか、咆哮し、一気に迫ってきた。

「――【風よ(オイズイ)】【刃となりて(リテイエアギール)】【敵を(ウイケ)】【二つに(ドウワ)】【切り裂け(カシイケ)】！」

身体に熱い何かが駆け抜ける。

全力で魔力を魔法へと変換すると、構えた鉱物ハンマーを通って放出された。

「――ッ！」

甲高い風切り音が響くと同時に、とてつもない破裂音が鳴った。

レックスさんが隣で息を呑んだ。

砂が真っ二つに割れる。

風は土龍を通過し、砂漠をえぐり返した。

「……」

「……」

砂が舞い上がって空から落ちる。

魔法の痕跡が延々と向こうまで延びていた。

大きなサボテンが真っ二つになっている。

土龍は完全に硬直している。

「これは……」

レックスさんが魔道具を構えたままつぶやいた。

『四つでもよかったかなぁ～。オードリー、才能あるねぇ！』

クリスタが飛んでいき、巨大な土龍の鼻っ柱を小さな足で蹴った。

すると、土龍が縦に真っ二つになって、ズンと音を立てて横倒しになった。

あ……。

いや……確かにそういう意味の言霊（ワード）だったけど……これはちょっと……。

ははは……倒しちゃったよ……だ、大丈夫かな……？

横にいるレックスさんが口を開けている。

「……」

「……う、うまくいったようです」

「オードリー嬢……なんだ、これは……？」

「よくわかりません……人より魔力が多いようです……私……」

正直、そう言うしかなかった。

精霊と契約していることを話しても、認識されないのだ。

「そうか……聞いたことのない呪文(スペル)だ。お父上の教えか？」

「はい、そんな感じです」

もう、うなずいておくことしかできない。

「わかった。とにかく、倒せてよかった。感謝する」

レックスさんは切り替えが早かった。

組み立てた魔道具を戻し始める。

「いえ、こちらこそ。あと、すみません、威力が強すぎて」

「なぜ謝る？　謝るのはこちらのほうだ」

彼は魔道具をトランクへ戻すと、右手を確かめるように何度か開閉した。投げた銃型の魔道具を探して砂の中から拾い上げ、砂を払って、私を見た。

「行こう。血の匂いにつられて魔物が集まってくる。〝砂漠の薔薇(デザートローズ)〟はまた今度でいい」

そう言ったレックスさんの足元に、きらりと光る物体があった。

思わず「あっ」と大きな声を上げて、駆け寄った。

「動かないで！　そのまま、そのまま！」

「どうした？」

急いでバックパックから白手袋を取り出して装着し、レックスさんのブーツの横に転がっている物体をそっと拾い上げた。

『〝砂漠の薔薇（デザートローズ）〟だ』

「〝砂漠の薔薇（デザートローズ）〟です！」

クリスタと同時に言い、拾い上げた〝砂漠の薔薇（デザートローズ）〟をレックスさんに見せた。

すごい。なんて幸運だ。

「あ……そういえば」

「どうした？」

「魔物は魔宝石を舐めることがあります。飴玉のように口の中で溶かして、長い時間をかけて自分の魔力にする個体がいるそうで、あの土龍はめずらしい個体だったのかもしれません」

水筒の水を使って〝砂漠の薔薇（デザートローズ）〟を洗い、ハンカチで丁寧に水滴を拭き取る。

レックスさんの目線まで差し出した〝砂漠の薔薇（デザートローズ）〟は砂漠の光を浴びて、キラキラと白い光彩を放った。

大きさは直径五センチほど。

驚くほど薔薇に近い形をしていた。

石膏が溶け出して固まるだけだと茶色がかった色味になるのだが、魔力も一緒に溶け込んでいる〝砂漠の薔薇（デザートローズ）〟は真っ白になる。

こんなに綺麗な薔薇のような形なのに自然と生成されるなんて……魔宝石は本当に不思議で面白

い。

「美しいな」

レックスさんがぽつりと言う。

ジュエルルーペで覗き込むと、薔薇の枝のような魔力が伸びており、ゆっくりと回転していた。芸術的な魔宝石だ。

綺麗な薔薇には棘があるとはよく言ったものだけれど、〝砂漠の薔薇(デザートローズ)〟には棘など一つもない。

砂漠のオアシスと魔力が作り出した傑作だった。

「宮廷騎士が村娘に恋をして渡した薔薇が、その純粋な恋心を受けて赤から白に変化したような……儚くも美しい純愛の証みたいな魔宝石だね。観賞用として売買される理由がよくわかるなぁ。持っていると良縁が舞い込むと言われているのも納得だよ」

「オードリー嬢」

「大きさ、形から、売値は二十……いや、二十五万ルギィかな。一度、ギルドで査定をしたほうがいいかもしれない。ああ、ため息の出る美しさだよ〜。思わず告白したくなっちゃうね、私の恋人になってくださいとか――」

「オードリー嬢」

レックスさんに肩を叩かれて顔を上げた。

「何をぶつぶつ言っている」

「す、すみません！　魔宝石があまりにも素敵でつい独り言が」

またやってしまった。

いい加減、魔宝石を見ると興奮する癖を直したい。非常に恥ずかしい。

「品評会はあとにして移動するぞ。血の匂いに魔物が集まってくる」

「申し訳ありません。承知いたしました」

レックスさんが装備を点検し始めたので、バックパックから魔宝石箱を出して〝砂漠の薔薇(デザートローズ)〟を入れ、全身についた砂を払う。

「素材はいいのですか？」

真っ二つになった土龍をちらりと見る。

かなりグロテスクだ。モリィがこれを見たら卒倒する。

「オードリー嬢の魔法は発動までにやや時間がかかるようだ。魔物に囲まれるとまずい。私も腕に力が入らない状態だ」

「……そうですね。判断感謝します」

私一人だったら、稼ぎが増えると思って土龍の解体をしていたかもしれない。

レックスさんの冷静な判断がありがたかった。

「出発しよう」

彼がそう言って土龍に背を向け、歩き出した。

『次は言霊(ワード)四つで試そうね？』

クリスタが可愛らしく小首をかしげる。

なんと返せばいいのかわからず、曖昧にうなずいておいた。

威力を調整できるようにならないと、いつか大惨事になる気がするよ。

まだ足元がふわふわとしている感じはあるけど、バックパックに〝砂漠の薔薇(デザートローズ)〟の存在を感じながら、私も歩き出した。

○

日が傾き、夕日が沈むのと同時に街道へ戻ってこられた。

周囲が暗い。

レックスさんが出してくれたカンテラ魔道具に助けられた。

管理人に土龍の出現を報告する。

レックスさんと私で退治したことを伝えると、半信半疑の様子だった。

話によると、土龍はCランクの傭兵が六人パーティーを組んで討伐する脅威度らしい。

何にせよ、馬車に乗り込むと、ようやく人心地がついた。

「貴重なポーションまで、すまない」

御者席にいるレックスさんがこちらを見て言う。

運転は彼が買って出てくれた。

「お怪我は平気そうですか」

「問題ない」

レックスさんは私をかばった際に、右手と肩に打撲傷を負ってしまっていた。

右手は魔道具師の商売道具でもあるので、持っていたポーションを使ってもらった。

「今回の件、護衛の料金は必要ない」

ポーションは王都で買うと結構なお値段だ。

父さんが残していた備蓄なので問題ないんだけどね。

「そういうわけにはいきません。傭兵ギルドで契約を交わしていますから」

「傭兵がいいと言えば契約違反にはならない」

レックスさんが無表情に首を振った。

何を言っても受け取ってもらえなそうだ。

とりあえず話は保留にし、身体を休めることにする。

馬車の揺れを感じながら、ホルスターから鉱物ハンマーを引き抜いて、手に持った。

『持ち手がダメになっちゃったね～』

先ほどの魔法で、木製の持ち手部分がぼろぼろになってしまっていた。

しばらく考えていると、レックスさんが御者席から声を上げた。

「知り合いの鍛冶師を紹介するか？　腕利きを知っている」

「腕利きの方ともなると申し訳ない気がするのですが……」

「土龍を倒してもらい、ポーションまでもらってしまった。これぐらいはさせてくれ」

「……では、お願いできますか？」

貸し借りはなるべくないほうがいいと父さんが言っていたので、彼に甘えるのも必要なことだと考えることにする。あまり慣れないけど。

「明日、エヴァンス鑑定事務所へ迎えにいく」

レックスさんが一つうなずき、前方へ視線を戻した。

馬車は進む。カンテラ魔道具の光が前方を照らしていた。

がらがらと馬車の車輪と街道のこすれる音が響く。

馬車の窓から顔を出すと、半分に割れた月が浮かんでいた。

「そういえば、今回のご依頼はおばあ様からですよね？」

ふと気になったことを聞いてみたくて、御者席に顔を向けた。

「それがどうかしたか？」

レックスさんは手綱を握ったまま、前を見ている。

「〝砂漠の薔薇(デザートローズ)〟は観賞用に使うのでしょうか？」

「詳細は不明だ。祖母からはピーター・エヴァンスの子女であるオードリー嬢に必ず依頼するように、と言われてきただけだ」

「……そうですか」

「どうした？　〝砂漠の薔薇(デザートローズ)〟は依頼通りこちらで買い取るぞ？」

レックスさんが御者席から横目で私を見る。

「ああ、違うんです。私が買い取りたいわけではなくて……。その、はい、大丈夫です。ありがとうございました」

彼に一礼して、話を終わりにするべく、窓の外へ顔を向けた。

レックスさんはそれ以上何も言わず、馬を進めてくれた。

しばらく無言が続く。

このペースだと、王都に着くのは午後八時くらいだろうか？

水筒から水を飲み、目を閉じると、まどろみがやってきた。

○

レックスさんに起こされて目が覚めた。

馬車を返却し、傭兵ギルドと鑑定士ギルドへ報告をして、赤鉄水晶を納品する。

最後に〝砂漠の薔薇（デザートローズ）〟をレックスさんに渡して、初依頼完了だ。

「依頼完遂、感謝する」

「はい！　こちらこそ、初依頼、誠にありがとうございました！」

満面の笑みで礼を言うと、レックスさんがうなずいた。

急に大声を出して変に思われたかもしれない。

でも、鑑定士として依頼をこなした喜びは、隠せそうもなかった。

「さすがは期待の星です！」

受付嬢ジェシカさんが、熱い拍手を贈ってくれた。

初めての採掘に初めての報酬。

顔のにやにやが止まらない。

独立した私の物語が始まったな、という気がした。

喜びもさることながら、お腹が空（す）いて眠かった。基礎体力をもっとつけたほうがよさそうだね。

「また明日」

「はい。本日はありがとうございました」

レックスさんに礼をし、鑑定士ギルドの前で別れた。

終始無表情だったけれど、心根は優しい人なのだなと思う。

口数の少ない人との会話には慣れているから、肩肘を張らずに採掘作業ができた。

別れ際、護衛料金を払う、払わないの押し問答があったが、私が護衛料金を払い、彼がコーヒー豆を奢ってくれることで決着した。豆の金額によっては向こうがマイナスになるんだけどね。断りきれなかった。

鑑定士ギルドから大通りに出ると、すっかり夜も更けていた。

『帰ろう～』

クリスタが疲れた様子で浮かんでいる。あくびが止まらないのか、あっふあっふと口を開けていた。

家に向かって歩いていると、クリスタが顔の前に飛んできて首をかしげた。

『そういえば、金髪君に何を言おうとしたの？』

馬車で私が言いかけたことが気になっていたらしい。

『あー……あれはね、〝砂漠の薔薇（デザートローズ）〟は観賞用じゃなくて、レックスさんに贈られるんじゃないかなと思って』

『ん～、どういうこと？』

クリスタがビビビと二枚羽を揺らす。

『レックスさんは自分の顔を気にされていたでしょ？　あれだけ美形だから、色々と苦労してきたんだよ。王都を歩くだけで目立っていたし』

『悪くない目玉をしていたね』

『それでね、おばあ様はレックスさんに〝良い縁〟が来るように〝砂漠の薔薇（デザートローズ）〟を贈るんじゃないかなと思って。ほら、孫を大切にするおじい様、おばあ様は多いから。レックスさん、わざと言葉を少なくして人付き合いを避けている雰囲気があったから、心配されてもおかしくないなって』

父さんは筋金入りの無口だったけど、レックスさんは違うような気がした。

『なんでオードリーに依頼したんだろ』

『父さんと取引したことがあったからじゃない？　父さんの仕事は確実だったし早かったから、信頼して、とか？』

話していたら、私もあくびが出てしまった。

口元を隠して早歩きで大通りを進む。

〝砂漠の薔薇(デザートローズ)〟は良縁を呼ぶ魔宝石で有名だ。新規事業の立ち上げや、結婚式の贈りものにされることも多い。

「着いた。疲れた～」

家に到着し、装備を脱いで、すぐにシャワーを浴びた。

疲れた身体が、温かいお湯で浄化される気がした。石鹸の香りが心地いい。

髪についた砂が排水口に流れている。

あとで掃除しないとな。

寝間着に着替え、夜食を食べ、歯を磨いてからベッドに潜り込んだ。

『ふあぁぁっ……ぼく、眠いや。おやすみ』

『おやすみクリスタ。今日はありがとね』

むにゃむにゃと言いながら目をこすっているクリスタが可愛い。

『明日も楽しいことしようね』

『うん』

可愛い精霊さんの頭を指で撫でると、彼がえへへと笑って、枕元にあるハンカチの上で丸くなった。

私も目を閉じると、すぐに眠気が襲ってきた。

13

Ａランク鑑定士であったピーター・エヴァンスの娘であるオードリーと採掘に行ったレックスは、夜更けにもかかわらず、まだ起きていた祖母に呼び出された。

先ほど、鑑定士ギルドで〝砂漠の薔薇〟をオードリーから譲り受け、帰宅したばかりだ。すぐに普段使いのスーツに着替え、祖母の部屋へと向かう。

「失礼いたします」

高価な装飾の施された扉をノックして開けると、レックスの祖母である、ミランダ・ハリソンが上機嫌に迎え入れてくれた。

「おかえりなさい、レックス。ソファに座りなさい」

レックスは黙ってうなずき、一礼して着席する。

部屋の主は砂漠から帰ってきたばかりのレックスをねぎらい、微笑を浮かべて対面に着席した。

ミランダ・ハリソンは六十二歳であるが、若々しい女性だ。豊かで豪奢な金色の髪を肩で切りそろえ、その半分を頭の横で軽く巻いている。

就寝する時間であったが、レックスの帰りを待っていたらしく、ゆったりとしたモスグリーン色のセパレートドレスを着ていた。

メイドが二人分の紅茶を運んできてテーブルに置き、退室すると、ミランダが口を開いた。

「それで、オードリー嬢はどんな女性だったの？」

ミランダは聞きたくて仕方がないといった顔つきで、ソファから身を乗り出した。

「ご自分でお確かめになってはいかがですか？」

レックスは常日頃から祖母の思いつきに付き合っているので、皮肉を込めた視線を送る。

すると、ミランダが上品に小さく笑った。

「私が採掘に同行するわけにもいかないでしょう？」

「それはそうですが」

レックスは不承不承といった口ぶりでつぶやき、まだ楽しそうに笑っているミランダを見て、手に入れた魔宝石箱をテーブルに置いた。

箱を開けると、〝砂漠の薔薇(デザートローズ)〟がお目見えする。

「まあ……美しい白砂の結晶ね」

「幸運が重なり、採掘できました」

「素敵な魔宝石ね」

ミランダが手袋をつけて〝砂漠の薔薇(デザートローズ)〟を指でつまみ、顔の前に持ってくる。

魔宝石の美しさをしばし堪能すると、ミランダがレックスに今日の出来事をすべて話すようにと催促してきた。魔宝石よりもそちらがメインであるかのような浮かれぶりだ。

レックスが淡々とオードリーとの出逢いから、道中で起こった出来事を話す。

話し終わるまでに、ミランダは何度も声を出して笑った。

「レックスの顔を見て何も言わなかったの？　変わった子ね」

「初めて見た際は驚いていましたが、それ以降はさして気にした様子もありませんでした」

「人を見た目で判断しないのか、それとも魔宝石好きのオタクか、どちらかね」

「オタク？」

「あら、知らないの？　最近は一つのものに没頭する人をオタクと呼ぶのよ」

「専門家みたいなものですか」

「もう少し俗っぽい総称のようだけれど。他には何かなかったの？」

ミランダはまだ聞き足りないのか、〝砂漠の薔薇（デザートローズ）〟を嬉しそうに眺めながらレックスを見る。

「ああ、そういえば、私の顔について質問したとき、素晴らしいブリリアントカットですと言われました」

「ブリリアントカット？」

「はい。確かに言っておりました。口が滑ったようです」

レックスが無表情に言うと、ミランダはまた声を出して笑い、涙が出てきてハンカチで目元を拭った。

「親と子は似るのねぇ」

「何がですか？」

「今度、オードリー嬢を屋敷に招待しましょう」

「それは構いませんが……」

話を進めるミランダに、レックスは小さく息を吐いた。

すると、ミランダが〝砂漠の薔薇（デザートローズ）〟を箱へ戻し、レックスへと差し出した。

「どうされました。私はすでに鑑賞しました」

「レックスにあげるわ」

「……なぜですか？」

「〝砂漠の薔薇（デザートローズ）〟は良縁を呼び寄せる効果があると言われているの。あなたを理解してくれる人が出てくることを祈って、私からの贈り物よ」

「こんな高価な物……いただけません」

レックスはミランダと〝砂漠の薔薇（デザートローズ）〟を交互に見る。

「ミランダ様からは多大なる恩をいただいております。これ以上何かをいただくわけには……」

「祖母は孫に物をあげるものよ。黙って受け取りなさい」

「……承知いたしました」

レックスが静かに箱を受け取った。

蓋が開いたままの箱の中で、砂が結晶になった〝砂漠の薔薇（デザートローズ）〟が、微弱な魔力を発してわずかな光彩を煌（きら）めかせている。

「こんなに笑ったのはいつぶりかしら。さすがピーターの娘ね」

ミランダが〝砂漠の薔薇(デザートローズ)〟の輝きを見ながら言う。

「そうですね。腕の良い鑑定士です」

レックスが生真面目に答えると、ミランダがころころと笑った。

「そうじゃないのよ。でも、いいわ。レックスと会わせて正解だったわね」

「どういうことですか？」

「あなたの笑顔を見たいものねぇ。最後に笑ったのはいつかしら？」

「それは……」

「まあ、いいじゃないの。こちらの話よ」

尊敬する祖母であるが、どうにもいたずら好きなところがあるため、時折こうして話を誤魔化されることがある。

レックスはそれ以上追及せず、魔宝石箱の蓋を閉めた。

そこで、明日、オードリーと会う約束をふと思い出した。

女性を自ら誘った記憶がほとんどない。

自分の顔のせいで男性からは余計なやっかみを買い続けて刃傷(にんじょう)沙汰になったこともあるし、女性と交友関係を持っても最終的には恋愛の話になる。

レックスはすべての人間関係に辟易していた。

オードリーなら顔の印象に引っ張られず、中身を見てくれるような気がした。

むしろ、オードリーはあまり人の見た目に興味がないのかもしれない。

「魔宝石オタク……なるほど」

レックスはオードリーが〝砂漠の薔薇(デザートローズ)〟を見つけたときの顔を思い出し、少年少女のようだったと思った。

14

オードリーが〝砂漠の薔薇（デザートローズ）〟を探して砂漠を歩いていた頃――。

カーパシー魔宝石商の若会長であるゾルタン・カーパシーは、商会内で立て続けに起こる問題に苛立っていた。

「鉱山従業員が仕事を放棄してストライキだと？」

「はい……」

事務員の中年男性が申し訳なさそうに頭を下げる。

ゾルタンが一つのミスで簡単に減給してくることを知っているため、彼は恐る恐るといった様子だ。脂汗が出ているのか、額をハンカチで何度も拭いている。

ゾルタンは汗の匂いが鼻につき、聞こえるように舌打ちした。

「も、申し訳ございません！　担当営業に何度も掛け合ったのですが、向こうも切迫している状態のようでして」

「被害額は」

底冷えする声色でゾルタンが尋ねる。

「一週間分の魔宝石が採掘されておりませんので……三千万ルギィほどになるかと……」

提示された金額を聞いて、ゾルタンが眉間にしわを寄せる。

「なぜこんなことになった？」

「シフト表に問題があったようで……」

「シフト？　たかがシフトでストライキだと？」

「私も知らなかったのですが……以前から不満が溜まっていたようです」

話によると、数年前からギリギリの人数でシフトを回していたようで、鉱山従業員たちは何度も担当営業に増員を要請していた。ゾルタンの耳にもその話は入っていたが、余計な人件費を使う主義ではないため、聞き流していたのだ。そのせいで、鉱山従業員たちは商会への不信感を募らせていた。

細心の注意を払ったシフト調整により彼らの爆発を今まで免れていたが、理解し難いシフトを出されてついに不満が漏れ出した。というのが、今回のストライキの真相であった。

「シフト表を作ったのは誰だ」

「それが」

事務員の男が言いづらそうに背後の席へと視線を滑らせ、すぐにゾルタンへと戻した。

「ドール嬢だと？」

ゾルタンが意外だ、という声を上げる。

「優秀な彼女がシフト調整で不備を出したというのか？」

「いえ！　決してそう言いたいわけではありません。オードリー嬢が辞めてからシフト表を作ると手を挙げてくださったのはドール嬢なので……」

額の汗を拭き、事務員の男が頭を下げる。

卑屈な態度に苛つきながら、ゾルタンはドール嬢へ顔を向けた。

彼女は十五歳にして鑑定士試験に合格した優秀な人材だ。

順調にランクを上げ、現在、二十歳でCランクに昇格している。

また、ジュエリーなど装飾品を扱う大商会、バーキン家の一人娘ということもあり、家柄も大変に良く、すでに彼女とは婚約の約束をしている。彼女がたかがシフト表の調整をミスするなど、ゾルタンの中で結びつかなかった。

「オードリーがシフトを作っているときは何もなかったのか？」

「特になかったようです」

「そうか」

ゾルタンは事務員の男へ仕事に戻るように命令し、ドール嬢の席へ向かう。

今日もオフショルダーのドレスを着ている彼女は美しく、見事なデコルテラインと胸の谷間に目がいってしまう。つけている甘い香水も好みであった。

「ドール嬢」

ゾルタンが声をかけると、書類に目を通していたドール嬢が驚いたのか肩を震わせた。

「ゾルタン様、なんでございましょうか？　鉱山従業員の件ですか……？」

笑みを浮かべるドール嬢に、ゾルタンは首肯する。

「俺の推測だが、オードリーから渡された引き継ぎメモに不備があったのではないか？」

「えっ……あ……はい。そうなのです。あの陰気女のメモがでたらめでして、皆さんにご迷惑をかけてしまいました。胸が痛いですわ……」

悲痛な表情を浮かべるドール嬢。

「やはりそうか。あの恩知らずめ」

ゾルタンはオードリーが感謝の一つもしていなかったことを思い出し、苛立ちが大きくなった。

ゾルタンとしては、一人で生きていけないくせに店を飛び出し、迷惑をかけるだけかけ、恩も返さずに暴言だけを吐かれた、という印象であった。

彼の中では自分勝手な婚約破棄はもう終わったことになっている。

オードリーがDランク鑑定士になったのも、父親の保有していた魔宝石を賄賂に送って便宜を図ってもらったのだろうと当たりをつけていた。いつも下を向いていて、一人で何もできない女だった。自分の力で鑑定士試験に合格したとは思えない。

「ゾルタン様、鉱山従業員の件はどうするおつもりですか？」

ドール嬢に上目遣いを送られ、思考を切り替える。

「放っておけ。金に困って泣きついてくるのは奴らだ」

「そうですわね。さすがゾルタン様ですわ」

ドール嬢が満面の笑みで称賛を送る。

すると、事務所の扉が大きく開いた。

入ってきたのは、カーパシー魔宝石商に勤めている魔道具師の男だ。

年齢は四十代。体格がよく、深い眉間のしわが職人を思わせる。

以前、ドール嬢に抗議した男であった。

事務所が静まり返り、彼とドール嬢へ視線が集まった。

「お久しぶりでございます」

彼は丁寧にゾルタンへ一礼した。

「ツェーゲンか。今日はどうした」

「お話があってまいりました」

ツェーゲンと呼ばれた魔道具師の男は、ドール嬢を無感情に一瞥し、ゾルタンへと視線を戻した。

ドール嬢はプライドを傷つけられた気がして、小さく歯噛みする。

「蛍石に水晶が交じっているとの報告を上げたのですが、目を通してくださいましたか？」

「それがどうした」

「そこにいるCランク鑑定士のミスです。なぜ何の返答もないのでしょうか？」

「ドール嬢がミスをするとは思えん。蛍石に水晶が交じっているのには、何らかの不備があるのだろう」

ゾルタンが聞く耳を持たずに言うと、剣呑な空気をまとい始めていたドール嬢が気を良くしたのか、ツェーゲンをあざ笑った。

「魔道具師様？　前回もお伝えしましたが、そちらの管理不備ですわ」

　これにはツェーゲンが目つきを鋭くした。

「独自に聞き取り調査を行いましたが、石磨きをしていたのはオードリー・エヴァンス嬢であったと聞き及んでおります。ひょっとして、彼女が簡易選別もしていたのではありませんか？」

「は？　あの陰気女が選別ですって？」

「あなたのミスを彼女がかばっていたと推測するのが妥当かと思いますがね」

「あ、あなた何様なの?!」

　つかみかからんばかりの勢いでドール嬢が叫ぶ。

「半年前に辞めた事務員に聞いたところ、こう言っておりました――」

　ツェーゲンが怒りを眉のあたりに這わせ、続きを言おうと一拍空ける。

　オードリーの名前が出てきて、ゾルタンはやけに話の続きが気になった。事務所にいる事務員たちも言葉の続きを待った。

「オードリー嬢は石磨きをすべてこなし、ドール嬢の選別不備を肩代わりしていたと。間違いありませんと、断言していました」

　蛍石と水晶は似ているため、最終的に鑑定士が選別する。

　鑑定士にとって初歩中の初歩といえる業務内容だ。

　魔力ナシでも可能な仕事であるが、鑑定士が魔力の流れを見れば、蛍石と水晶の違いはすぐにわかる。千個並べて、十個の水晶を弾くのに二十秒もかからないと言われていた。

ツェーゲンは以前話していたドール嬢の言い分に違和感を覚え、オードリーの存在にたどり着いた。

「水晶が交じりだしたのはオードリー嬢が辞めてからです。よって、そこのCランク鑑定士様は簡易選別すらできない無能であると判断できます」

ツェーゲンの説明に事務所がざわつく。

思い返せば、オードリーは石磨きをしながら、何かを選別していたような節があった。

皆、当時は気にも留めていなかった。

事務所内の視線がドール嬢へ集中する。

「ふざけたことを言わないで！」

ドール嬢が声を荒らげて、ツェーゲンを睨みつけた。

「この私が蛍石と水晶を間違えるはずがないと何度言ったらわかるのかしら。さてはあなた、自分たち魔道具師のミスをこちらになすりつけたいんでしょう？　あの陰気女が私の間違えを肩代わり？　は？　バカも休み休み言いなさい！」

「……」

ドール嬢の言葉にツェーゲンが怒りで顔を赤くさせる。

彼は先代に雇われ、魔道具師として才能を開花させた人間だ。

カーパシー家への恩義を感じていたが、ゾルタンの感情を切り捨てるような経営方針がどうにも気に入らず、先代とのギャップに苦しんでいた。

二十歳そこいらの小娘に小馬鹿にされ、しかもゾルタンは女の肩を持つ構えを崩さず、我関せずと腕を組んでいる。怒りが爆発しそうになった。

だが、彼は亡き先代の顔を思い出し、どうにか衝動を抑え込んだ。

「ゾルタン様」

「……なんだ」

「先代には若い頃から数えきれないほどのご恩をいただきました」

「父さんから聞いている」

ゾルタンはツェーゲンの忠誠を疑わず、鷹揚にうなずく。

「そこの鑑定士と私、どちらを信用なさるのですか？」

「お前は魔道具師。彼女は鑑定士。役割を果たせばそれでいい」

「そうですか。では、私からのご提案は一つです」

ツェーゲンがドール嬢を横目に、さらに口を開いた。

「そこのCランク鑑定士が簡易選別をミスした場合、クビにしてください。部下にも不満が溜まっております。では」

ツェーゲンは二の句を継がせず、一礼して事務所から出ていった。

事務所に沈黙が落ちる。

気まずい空気を破ったのはドール嬢であった。

「この私が間違うはずありませんわ。あいつ、私たちの仲を嫉妬しているのかもしれませんわね

「……」

隣にいるドール嬢が腕を絡ませ、胸を押し当ててくる。

「……」

ゾルタンは大きな違和感を覚えながらも、ドール嬢へ笑ってみせた。

なぜかオードリーの顔が脳裏に浮かぶ。

オードリーが辞めてから、カーパシー魔宝石商の歯車が狂い始めていた。

15

窓から差し込む朝日で気持ちよく目が覚めた。

ベッドから出て、カーテンを開ける。

今日も良い天気だ。

クリスタも起きたのか、可愛らしく伸びをしている。

『おはよう』

『うーん……おはよう』

あふあふとあくびをしながら、クリスタが宙に浮かぶ。精霊って結構人間くさい動きをするんだね。とっても可愛い。

今日はレックスさんに鍛冶師を紹介してもらう予定だ。

顔を洗い、髪を整え、メイクをする。

まだ簡単なメイクしかできないので、モリィに教わってもっと上手くなりたい。

化粧の女性らしい香りが、自分を大人の女に見せてくれているように感じた。

まあ、見た目はあまり変わっていないような気もするけどね……。

ちょっと肌が明るくなったようには見える、かな？

とりあえずメイクはよしとして、向かいのパン屋に向かった。

「あらぁ！　ずいぶん綺麗になったわね！　どこかのご令嬢みたいじゃないの！」

パン屋のおばさんが美人、可愛い、綺麗、ご令嬢、こりゃあ人気の鑑定士になること間違いなしと、息継ぎなしで褒めちぎってくる。

さすが接客のプロ……。

ちぎるのはパンだけではないらしい。

お世辞とわかっていても、頬が熱くなってくる。

「そんなことないですよ……私みたいな地味女……」

「眼鏡も取って髪型も素敵よ！　あと顔つきが大人になったわね。新しい恋でもしたのかしら？」

「残念ながら婚約破棄されたばかりで、そういう気分にはならないです」

「そうそう、聞いたわよ。ひどい男よねぇ、カーパシーの」

やはり噂が広まっていたか……。

父さんが有名人であったため、ご近所の注目度は高い。

五年も結婚を保留にされていたこともあり、向こうは聞きたくてしょうがなかったみたいだ。

しばらくおばさんと世間話をした。

おばさんとは子ども時代からの付き合いだ。

心から心配してくれているのがわかり、今まで帰りが遅いことなども気になっていたと言われ、朝から胸が温かくなった。

そんなこんなでクロワッサンを買い、マスカットとキウイのフルーツサンドをおまけしてもらった。おまけのほうが高い気がするけど、おばさんの圧に屈してもらってしまった。ありがとう、おばさん。

家に戻ってコーヒーを淹れる。

今日はナッツ風味のさっぱりしたコロムビエラ産の豆にした。

リビングに目の覚める芳香が充満し、心が満たされた気分になる。

「……朝の一杯……至高だ」

朝の時間を楽しむ。

コーヒーとフルーツサンドが美味しい。

食べ終わってから、昨日使った採掘道具の点検をしていると、呼び鈴が鳴った。

玄関に移動してドアを開けると、ダークスーツを着たレックスさんが立っていた。

手には紙袋を持っている。

うーん、やはりあらためて見ると、絵本から飛び出してきた貴公子みたいだ。

モリィがレックスさんを見たら拍手しそうだ。

「早かったか？」

レックスさんがわずかに眉を寄せる。

昨日、一日一緒にいたので、無表情ながらも彼の表情の変化がわかるようになってきた。

「いえいえ、お待ちしておりました」

私の言葉を聞くと、彼は持っていた紙袋を差し出した。

「朝市で卸されているのを見かけてな。鉱石都市トロン産の豆だ」

「トロン産？　あの噂の？」

「鉱石に根を生やす豆の量産に成功したのは本当だったらしい。味は硬質でかなり独特だった」

無表情なレックスさんが少しだけ口角を上げたような気がした。

私もつられて笑顔になった。

「ありがとうございます！　こんなレアな物いただけるとは……これは、毎回ポーションを差し上げるべきでしょうか」

「勘弁してくれ」

レックスさんが降参だと両手を上げる。

「冗談です。すぐに鉱物ハンマーを持ってくるのでお待ちください」

トロン産の豆を大事に抱え、キッチンに戻って置き、柄がぼろぼろになってしまった鉱物ハンマーをアトリエから持ってきた。

「お待たせいたしました」

財布、ハンカチ、鉱物ハンマー、化粧ポーチなどを入れた肩掛けバッグを持ち、玄関の鍵を締めた。

彼と並んで歩き、王都の大通りを進む。

途中で王都を循環している乗り合い馬車に乗り込み、南地区を目指した。

乗り合い馬車は一回百ルギィで利用できる。安くて便利で好きだ。

魔道具師と鍛冶師が集まる通りで下車し、裏路地に入った。小路（こみち）が入り組んでいるので、一度来ただけでは迷いそうだ。

「ここだ」

レンガ造りの工房の前で止まり、彼が躊躇なくドアを開けた。

工房は受付に使うらしいカウンターがあり、その奥に鍛冶場があるようだ。向こうからカンカンと金属音が響いている。鉄の匂いと、石炭の燃える香りがした。

「爺さん、いるか？」

レックスさんが声を上げると、金属音が止んだ。

中から出てきたのは、好々爺（こうこうや）といった顔つきの白髪のご老人だった。ただ、顔と違って筋骨隆々だ。腕まくりした腕は私の太ももくらいありそうだね。

「坊っちゃんか」

「ダミ爺さん、坊っちゃんはやめてくれ」

「レディを連れているなんてめずらしい。ついに腹をくくったか？」

ご老人が私を見て笑う。

とりあえず、挨拶をしておくことにした。

「はじめまして。Dランク鑑定士のオードリー・エヴァンスと申します」

「エヴァンス？　あの、ピーター・エヴァンスの娘か？」

「そうですが……父をご存じなのですか？」

「そうか……そうか……親子揃って鑑定士か……」

ご老人が何度もうなずき、優しい目で私を見つめてくる。

すぐにレックスさんが補足を入れてくれた。

「こちらはダミ・ジュレイル鍛冶師だ。ピーター・エヴァンス殿とは何度も取り引きをしたらしい。ピーター殿の話はダミ爺さんから聞いていた」

レックスさんの紹介に、ダミさんが目を細めた。

「オードリー嬢の話はピーターからよく聞いていたよ。こうして会うのもなにかの縁だ」

「そうだったのですね。父と仲良くしてくださって、ありがとうございます」

「いいお嬢さんだ。あの無口なピーターの子には見えん」

「……どこでも無口だったんですね……」

そう言うと、ダミさんが大声で笑った。

「がははは！　あいつの口は鉱石と変わらんかったな！」

しばらくダミさんと父さんの話をし、本題へと話が移った。

私が鉱物ハンマーを出すと、ダミさんがカウンター越しに受けとって検分し始める。様々な角度から確認をすると、ちらりとこちらを見た。

「原因は魔法か？」

ダミさんが柄をこちらに向けたので、うなずいた。

「先日、魔法を使ってこうなりました」

「オードリー嬢、杖の存在は知っているな？」

「はい。触媒にすることで、魔法効果を向上させる道具と聞いております」

杖は魔法使いが好んで使う道具だ。

魔法を安定させる効果があり、傭兵ギルド所属の魔法使いはひときわ大ぶりな杖を使っていることが多い。

一方で、鑑定士は九割が小さな杖だ。

元来から簡単な魔法しか使わないため、大杖での出力を必要としていない。

ダミさんは私の顔を見ると、深く息を吐いた。

「強力な魔法を使用し、木製の持ち手が削れることはあるが……これほどひどいのは見たことがない」

「……張り切りすぎたかもしれません」

「詳しくは聞かんでおこう。で、修繕が希望か？」

私の微妙な顔を見てダミさんが話を変えてくれた。

「はい。父さんからもらったものなので、ぜひ修繕をお願いしたいです」

「ふむ」

ダミさんが柄を見たまま考え込み、十秒ほどして深く息を吐いた。

「分解するぞ」

「お願いします」

彼がカウンターの下にある工具を出し、ノミのような物で柄を叩く。

すると、ぽろりと柄が取れて、中の金属がむき出しになった。

金属には小さな石が埋め込まれていた。

「あ、それ、魔宝石ですか？」

「見てみろ」

ダミさんが鉱物ハンマーの石が埋め込まれた部分をかざしてくれたので、ポケットからジュエルルーペを取り出して覗き込んだ。

幻想的な黄色い魔力シラーが内部で反射している。

魔力シラーというのは魔宝石をカットした際に稀に出る光のことだ。

ジュエルルーペから目を離し、ダミさんと目を合わせた。

「色合いと含有物の比率から、〝月運石（ムーンストーン）〟ですね」

「ほう。さすがはピーターの娘だ」

満足そうにダミさんがうなずき、鉱物ハンマーを自分の手元に戻した。

「鍛冶師が子に物を送るとき、こうやって〝月運石（ムーンストーン）〟を埋め込む風習がある。幸運であれ、健康であれ。願いを込めてな。このハンマーは俺がピーターに頼まれて作ったものだ」

「父に頼まれて……ですか？」

「ああ」

〝月運石（ムーンストーン）〟は幸運を呼ぶ魔宝石と言われている。

目に見える効果がないため疑問視している学者もいるが、大きな〝月運石（ムーンストーン）〟を剣に装飾した六代前の国王が、戦争中に五度の奇襲を受けて無傷だったことから、縁起物として扱われていた。現在では価値が上がり、このサイズだと三十万ルギィほどで取り引きされているはずだ。

寡黙で不器用な父さんの贈り物に、目頭がちょっと熱くなる。

父さんは、知らないところでずっと私を心配してくれていたんだね。

ハンマーもそうだし、手帳もそうだし……。

どうせなら、死ぬ前に教えてほしかったよ。

お礼を言わせないなんてズルいよ。

「柄は木製でなく金属性がいいだろう。せっかくなら、魔法の触媒として使ってやってほしい。オードリー嬢を守ってくれるはずだ」

「わかりました。お願いいたします」

少し鼻声で言うと、ダミさんが快活に笑った。

「俺もこんな可愛い娘がほしかったもんだ。うちは男ばかりだからなぁ。そうかそうか……よし、料金は昔のよしみでまけておく。だからそんな悲しい顔をするな」

「……ありがとうございます」

ダミさんの心意気を感じ、素直にお礼を言った。

父さんにはやはり感謝してもしきれない。

受け取りは一週間後だ。

柄に使える軽金属を探すため時間がかかるらしい。

「レックスさん、ご紹介ありがとうございました。父さんと縁故がある方で安心しました」

「いい取り引きになったようだな」

レックスさんは私たちの話を聞いて何か思うところがあるのか、別の何かに思いを馳せているようだった。

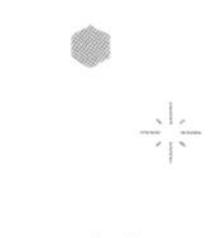

16

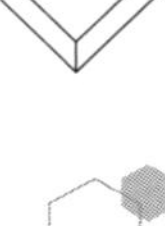

一週間後、修繕された鉱物ハンマーが手元に戻ってきた。

柄の部分が軽金属になり、握りやすい革のグリップがついている。

ダミさんが全体を磨き上げてくれたおかげでピカピカだ。

『よかったね！』

クリスタが嬉しそうに鉱物ハンマーを見ている。

『そうだね。ハムちゃんが戻ってきて嬉しいよ』

『ハムちゃん？』

『ハンマーとムーンストーンで、ハムちゃん』

長く使う道具なので名前をつけてみた。

ハムちゃん。可愛いと思う。

ピカピカになった鉱物ハンマーあらため、ハムちゃんを振ってみせると、クリスタが可笑(おか)しそうに笑った。

『……ハムちゃん、変かな？』

『変だね！』

そんなはっきり言わなくても……。

もう、名付けてしまったので致し方なしだ。

気を取り直すため、レックスさんにもらったトロン豆でコーヒーを淹れた。

「んん〜、不思議な香り」

鉱物を砕く際に感じる硬質な匂いと、オレンジに似た柑橘系の香りが立ち昇る。

鉱物に根を生やすという、一風変わったコーヒー豆。

鉱山都市トロンに思いを馳せながら、さらに一口飲んだ。

『……うーん、この豆、美味しくないよ？』

クリスタがトロン豆をぼりぼりとおやりになり、唸った。

直で食べるものじゃないからね……。

コーヒーを楽しんでから、街に出かけることにした。

現在、ジョージさん経由でいくつかの鑑定依頼を受けている。

ちょうど手が空いたので、週一回、王都の水晶広場で開催される、自由市に顔を出してみることにした。

お鍋の蓋から魔宝石のジュエリーまで、自由市で揃わないものはないと言われる王都自慢の大型市だ。

たまに魔宝石の掘り出し物があるので軽視できない。

ランクの低い鑑定士の修行場としても人気だ。

なぜなら、贋作も出回っているため、突発的な依頼がくるからだ。歩いていると、参加者から鑑定依頼を受けることもしばしばで、購入者が本物なのか不安になって鑑定士に鑑定依頼をし、お墨付きをもらうという流れだ。

巧妙な贋作はCランク鑑定士をも騙すほどの出来栄えらしい。

Aランクだった父さんはよく話しかけられ、鑑定をしていた記憶がある。Aランクともなれば、人垣ができるほどだ。

『魔宝石の市場に行く〜?』

『自由市ね。これから行こう』

『わかったー』

クリスタがトロン豆を置いて、ポケットに滑り込んでくる。

出かける前に、ドレッサーの鏡で髪型とメイクを確認した。

うん。ゆるふわロングヘアは絶好調だ。

絶好調という言い方で正解なのかはわからないけれど。

「いつでも出せるように……」

ハムちゃんは杖代わりに使うつもりなので、ベルトに挿した。

「あー……これ、モリィに見つかったら怒られそうだね」

群青色のプリーツスカート、細身のベルト、そこに直挿しされた鉱物ハンマー。

モリィのコーディネートが台無しだ。

個人的には可愛いと思うけど、ショルダーバッグにしまうことにした。

まあ、最悪、ハムちゃんがなくても精霊魔法は使えるからね。

○

乗り合い馬車を使って三十分。

『人がいっぱいだ！』

クリスタが飛び上がり、上空から声を上げる。

王都の水晶広場には、びっしりと露店が並び、人々が行き交っていた。

赤子のおしめから、親の形見の魔宝石まで、なんでもござれの自由市。スリと贋作にはご注意ください と、都市騎士が注意喚起の看板を叩いている。

カーパシー魔宝石商で働いていたときは、格安の野菜を探し回っていた。

あのときは月収十万ルギィだったからなぁ……。

十万ルギィってやっぱり安すぎるよね。

さて、水晶広場の奥へ行こう。

スリに気をつけて、ショルダーバッグを両手で持ちつつ、進む。

樽に入ったワイン売り場、肉をさばく精肉店、色とりどりの野菜売り場、日用雑貨、あやしい土産物、魔物退治の武器防具。行き交う人々。見ているだけで目がまわりそうだ。

十分ほど歩いてようやくお目当ての広場の奥にやってきた。

鉱石や魔宝石を売る露店がひしめき合っている。

大人気の場所だから人混みがすごい。

『この人の顔見てよ～、必死すぎ～』

クリスタが鉱石を値切っているおじさんの頭に乗り、けらけらと笑う。

ちらりと見ると、石灰岩の露店だった。

うずたかく石が積まれている。

どれどれ……ああ、ちょっとだけ市場より安いね。これなら買いだと思うけど。まあ、量が量だからなぁ。値切りたい気持ちはわかる。

大量購入するからまけろ、という言い分のようだ。

『邪魔しちゃダメだよ』

『はぁい』

クリスタを小声で呼び、さらに奥へと進む。

魔宝石を使ったジュエリーショップ、魔力がなくなった魔宝石を量り売りしているお店もある。

じゃらじゃらと石の音が響き、天秤にいれられていた。

うーん、どこから見ようか目移りしてしまう。

「すみません！　そこの美人な鑑定士様！」

すると、誰かが叫んだ。

雑踏の中でもよく響く声だ。

「美人な鑑定士様！　あの、聞こえてますか！」

前方から若い男性が人混みをかきわけてくる。

誰に声をかけてるんだろう。周囲を見回してみる。

鑑定士バッヂをつけている人は見る限りいない。

バッヂをつけないで来る鑑定士もいるし、男性は顔見知りの女性鑑定士に声をかけているのかもしれない。

前方からやってくる男性から目を離し、近場にあった赤い鉱石、スピネルの露店へ目を移した。

まだ研磨されていない、掘り出したままの原石だ。無造作に並んでいるのが、ちょっと可愛く見えてしまう。

「無視しないでください、美人な鑑定士様！」

男性はまだ鑑定士を探しているらしい。

振り返ると、目の前に男性がいた。

「美人な鑑定士様、鑑定をお願いしたいのですが、ダメでしょうか？」

「……私ですか？」

「あなた以外に誰がいるんです？」

「私で間違いないですか？」

「もちろんです。美人な鑑定士様」

周囲を見回すと、皆が私に注目していた。

明らかに私の顔と胸のバッヂを見ている。

いけない……ずっと無視してしまっていたらしい……。

美人美人と言っていたので、私じゃないと思ったよ。

そうか。よく考えれば、こうしたギルドを通さない依頼は、鑑定士の気分次第で断る場合もある。

私の気分を損ねないように、遠くからお世辞を飛ばしていたのか。美人と呼ぶのも合理的というわけだ。

「すみません……。それで、鑑定ですか？」

「はい。父からもらった魔宝石が本物か知りたくて」

男性は小洒落たシャツに、金のブローチをつけている。

サラーヴォ坂のカフェにいそうな今どきっぽい若者だ。

「証明書の発行はここではできません。鑑定料は三千ルギィでよろしいですか？」

「はい、それでお願いします」

人混みを避けてわきにそれ、彼の差し出した青色の石を受け取り、ジュエルルーペで覗き込む。

優しげな青色をしたその石は、〝黝簾石（タンザナイト）〟だった。

斜方晶系の魔宝石で、身につけていると心が落ち着く効果があると言われている。また、大きな結晶は医療系魔道具に活用され、鎮痛効果を発揮するそうだ。よく歯医者で使われている。

「〝黝簾石（タンザナイト）〟ですね。本物ですよ」

もっと見ていたかったけど、泣く泣く〝黝簾石（タンザナイト）〟ちゃんを返却する。

「Dランク鑑定士、オードリー・エヴァンスが、本物だと証明いたします。問題が発生した場合は鑑定士ギルドまでお問い合わせくださいませ」

丁寧に言って、ゆっくりとスカートをつまんで一礼する。

鑑定士の決まり文句と挨拶だ。

家で何度も練習したので板についているはずと願いたい。

「ありがとうございます！　助かりました！」

彼は魔宝石をポケットにしまい、私の手を両手で取り、ぶんぶんと上下に振った。

こんなに感謝されると、ちょっと面映（おもは）ゆい気分になる。

「依頼料なのですが、これからご一緒にお食事などいかがでしょうか？　この先に一つ星レストランの出張所が出ておりまして、美味しい魚介のホワイトシチューを販売しているんですよ」

「え？　食事ですか？」

「はい。ぜひとも一緒にいきましょう」

男性が手を握ったまま顔を寄せてくる。

「あの、私、これから魔宝石の露店を回るので……」

「食べてからでいいじゃないですか！　行きましょう！」

強引に手を引かれ、身体が前につんのめった。

「いえ、ちょっと……魔宝石が私を待ってるので……」

「行きましょう！」

「あの、待って……」

『こいつ、いやらしいこと考えてるよ～』

クリスタが飛びながらあっけらかんとして言う。

「放してくださいっ」

反射的に手を引き戻すけど、男性の力が強くて引っ張られてしまう。

どうしよう。魔法を撃つ？

でも威力の調整が……無力化するために……どの言霊（ワード）を使えば――。

「失礼」

そのとき私の横から長い腕が伸びてきて、男性の手首をがっちりとつかんだ。

ハッとして顔を上げると、そこに立っていたのは全身黒のスーツに金髪の、レックスさんであった。

相当な力をいれているのか、男性のシャツに深い皺が寄る。

「――いっ」

男性が顔をしかめてようやく手を離したので、さっと一歩引いた。

助かった……。

偶然通りかかってくれるとは運がいい。ハムちゃんに埋め込まれた〝月運石（ムーンストーン）〟のおかげだろうか。

レックスさんは背が高いので、男性を無表情に見下ろした。

「レディを強引に連れていくなど紳士のすることではないな」

「なんだテメェ……」

男性が手をさすりながら、レックスさんを睨む。

え……この男性、顔つき変わりすぎじゃない？

「都市騎士に突き出してもいいんだぞ。それとも、私と決闘するか？」

レックスさんが胸ポケットから傭兵の証明書を出すと、男性は一瞬怯えた表情になり、舌打ちをした。さらにレックスさんの顔を何度か見て、さらに舌打ちをした。

「連れがいるなら言えよ！　ちょろそうだと思ったのに！」

男性はそんな捨てゼリフを残して踵（きびす）を返した。

『オードリー、カチコチになる言霊（ワード）を使いなよ』

クリスタが耳打ちしてくれたので、鞄からハムちゃんを出して構えた。

「――【固まれ（エラティ）】」

魔法が飛び、男性が硬直した。

短時間だけ対象の動きを止める魔法だ。

これ、便利だ。人相手にはかなり有効な気がする。

「あっ、足が動かない！　腕も！」

魔法を受けた男性が驚きで悲鳴のような声を上げる。

男性の正面に回り込み、私は笑顔を作った。

「鑑定料、三千ルギィです」

「……」

「三千ルギィです」

「あ、はい……」

「ありがとうございます。では、魔法を切りますね」

魔法を解除すると、男性が財布からお金を出して、そそくさと雑踏の中へと消えていった。

そう、個人事業主は大変なのだ。

それに、無料で鑑定したとなれば、他の鑑定士にも迷惑がかかってしまう。

「技術には対価を、だな」

レックスさんが私の横に立ち、無表情でそんなことを言った。

「私を連れてどうするつもりだったのでしょうか？　鑑定なら喜んでついていったのですが……物好きな男性もいるものですね」

「オードリー嬢……」

レックスさんが残念そうな目を向けてくる。なぜだろうか……。

○

「レックスさん、ありがとうございました」

あらためてお礼を言うと、レックスさんが首を振った。

「美人鑑定士と聞いて、もしかしてと思ってな」

「なるほど。たまたま見かけた、ということですね」

レックスさんもお世辞がお上手だ。

「そういえば、レックスさんは何か魔宝石を探しに来られたのですか？　もし鑑定が必要であればお礼を兼ねて、ぜひ同行させてください」

「私は祖母の護衛兼荷物持ちだ」

「おばあ様ですか」

彼が一拍置いてうなずくと、口を開いた。

「オードリー嬢、もし時間があるなら祖母と会ってくれないか？」

「レックスさんのおばあ様と、ですか？　鑑定のご用命でしょうか？」

「祖母がオードリー嬢と話がしたいと言っていてな。どうやら祖母はお父上――ピーター殿と長く知り合いだったようだ」

そうだ。父さんと知り合いだったから私に指名依頼をしてくれたんだよね。

「わかりました。私こそ、ぜひお会いしたいです」

「感謝する。では、行こう」

レックスさんが歩き出したので隣に並ぶ。

人混みから頭一つ出ているので、レックスさんは目立っていた。そもそも顔が美形すぎるので注目度が半端じゃない。

すれ違う人はレックスさんを二度見して、横にいる私を見て、ついでに胸の鑑定士バッヂを見て何かを納得し、顔を戻す、という流れで視線を動かしている。

鑑定士と魔道具師が仕事で一緒にいると思っているらしい。

「ちなみにだが、祖母はハリソン伯爵の母――伯爵家の大奥様、と言えばわかるか？」

「えっ?!　有名な方なので知っております」

ハリソン伯爵家の大奥様は魔道具蒐集家で有名な女性だ。

フルネームはミランダ・ハリソン。

新作の魔道具が出れば購入して試す、変わった人との噂がある。

まさかレックスさんのおばあ様があのミランダ・ハリソンだったとは……。

レックスさんが高貴な生まれだろうと予想はしていたけど、想像より遥かに上だった。

「黙っていてすまない」

「あ、いえいえ。言えぬご事情もおありでしょうから。こちらこそ、気安く話しかけてしまい、申し訳ありません」

「私は伯爵家とは薄い関係だ。気にせず今まで通り接してくれ」

「……承知いたしました」

レックスさんの横顔が寂しそうに見えたので、しっかりとうなずいた。

出逢いを大切に――父さんの言葉が脳裏に浮かぶ。

彼の隣を歩き、粗相がないように挨拶の言葉を考えていると、女性騎士を従えた女性が広場の高級魔宝石の露店を見ていた。

洗練されたドレスの後ろ姿から、大貴族だとすぐにわかった。

「ただいま戻りました」

レックスさんが言うと、大奥様がこちらを振り返った。

年齢は六十を超えているはずだけど、そうは見えず、若々しい。金髪を肩で切りそろえ、その半分をカールさせてボリューム感を出しているお洒落な髪型だ。洗練されたシックな深い緑色のドレスと、胸につけた魔宝石、〝煙水晶(スモーキークオーツ)〟のネックレスがよく似合っていた。

「ミランダ様。Dランク鑑定士、オードリー・エヴァンス嬢です。先ほど偶然会ってお連れしました」

レックスさんが紹介すると、ミランダ様がターコイズブルーの瞳を上品に細めた。

「まあ。想像よりもずいぶんと可愛らしいお嬢様だこと」

「Dランク鑑定士のオードリー・エヴァンス準男爵でございます。お会いできて光栄です、マイレディ」

よかった……。どうにか噛まずに言えた。

「レックスと仲良くしてくださっているようで、嬉しいですわ」

挨拶もそこそこに、水晶広場にある貴族専用のカフェテラスへ移動することになった。

広場を見下ろせる席につくと、女性騎士がミランダ様の後ろに控える。

緊張しつつも席に座り、紅茶をごちそうになった。

スコーンやガトーショコラが出されたが、さすがに手が伸びなかった。

「あなたのことはずっと気になっていたのよ。ピーターの後を継いだと聞いてすぐにレックスに依頼を出させたわ。どんな方かと思ったら、こんなに可愛らしいレディだったなんて」

さすがは伯爵家の大奥様。

私ごときを褒めることにも抵抗がない。笑顔が美しいよ。

「ご依頼、誠にありがとうございます。レックス様が初めての依頼人でございます」

「まあ、素敵じゃないの。よかったわねレックス」

楽しそうにレックスを見るミランダ様。

「何がよかったのですか？」

紅茶を飲んでいたレックスさんが目線を向け、無表情に答える。

「こちらの話よ」

ころころと楽しそうに笑い、ミランダ様が優雅に紅茶を飲んだ。

ミランダ様の会話の意図が読めない。貴族の会話は難解だと聞いていたが、嘘ではないらしい。

鑑定士と魔道具師が仲良く仕事をしているからいいわね、という意味だろうか。

まずは〝砂漠の薔薇(デザートローズ)〟の採掘の礼を言われた。

ご夫人は魔道具は当然のこと、魔宝石の話にも明るく、会話上手であった。

二十分過ぎる頃にはすっかり緊張もほぐれていた。

これが会話力……私もほしい。

紅茶のおかわりを頼んだ頃、ミランダ様がゆっくりと口を開いた。

「昔ね、何度かピーターに採掘依頼をしたことがあるの。鉱石都市トロンで見つかった迷宮に潜ってくれてね、希少な魔宝石をいただいたわ」

「トロンの迷宮ですね。魔宝石をいただいたわ」

「まあ。ピーターが話したのかしら？」

「何度もせがんだら、話してくれました」

「あら、私が話題を振っても、うんともすんとも言わない無口な人だったけれど、娘には勝てなかったみたいね」

ミランダ様が楽しそうに笑い、つられて私も笑ってしまった。

伯爵家の大奥様相手にも無口だった父さんが、可笑しかった。

ひとしきり笑うと、ミランダ様がレックスさんへと視線を移した。

「ところで、先ほど購入した魔宝石の鑑定をお願いしてもいいかしら？」

ミランダ様がそう言い、レックスさんがスーツの内ポケットに収納していた宝石ケースを取り出して、テーブルに置いた。

了承して、鑑定する。

三つの魔宝石は、魔道具に利用される高価なものばかりだった。

すべての魔宝石の名前をお教えすると、ミランダ様が嬉しそうにうなずいた。

「親子揃って優秀な鑑定士なのね。難しい鑑定のはずだけれど」

「父にはまだまだ及びません」

「試すような真似をしてごめんなさいね」

ミランダ様は宝石ケースをレックスさんに渡す。

彼は手慣れた様子で内ポケットへしまった。

なるほど、護衛兼荷物持ちとはこれのことか。

腕が立つ傭兵資格を持ち、魔道具師でもあるレックスさんはミランダ様にとって大切な存在なのだろう。

「鑑定料を」

ミランダ様が今度は背後に控えている女性騎士に目配せをする。

女性騎士が、私の前に五万ルギィを置いた。

金額の多さに息を呑んだ。

「鑑定書をお付けしていないのに五万ルギィは多すぎます。一万ルギィで十分でございます」

「Cランクが手こずる鑑定を簡単にしてみせた、あなたに対する正当な報酬よ」

「そう言われましても……」

「私が渡したいだけよ」

ミランダ様が笑顔で受け取りなさいと手を差し出してくるため、ありがたくちょうだいすることにした。

「一つ忠告しておくと、貴族相手に固辞するのはよくないわ。一度断って、次は受け取りなさい」

「承知いたしました」

「わかってくれたなら嬉しいわ。では、これもお渡ししておかないとね」

ミランダ様がハンドバッグからネームカードを取り出した。

ネームカードは貴族の名前が入った、置き手紙のようなもので、その方の知己だと証明する名刺代わりになる。

「……恐縮でございます」

Dランクの私が伯爵家の大奥様からネームカードを受け取るなど、中々にないことだ。

成り上がりを狙う鑑定士なら、喉から手が出るほどにほしいカードだと思う。

「オードリー・エヴァンス嬢。私の屋敷にぜひ来てちょうだい。ギルドを通してあなたにジュエリーの鑑定依頼をお願いするわ」

「ご依頼……あ、ありがとうございます！」

正式な依頼と聞いて、声が大きくなってしまった。

背筋を伸ばしてネームカードを受け取る。

有名な蒐集家のミランダ・ハリソンの鑑定依頼は、鑑定士人生の大きな箔になる。

それに、どんな魔宝石を使ったジュエリーなのか、今から想像が膨らんで仕方ない。きっと、美しい魔宝石だろう。

「ネームカードを見せればいつでも屋敷に入れるわ。普段は王都の伯爵家別邸にいるから、ご記憶をお願いね」

「は、はい！」

「では、お暇させていただきますわ」

ミランダ様が優雅に立ち上がった。

レックスさんも立ち上がると、ミランダ様が楽しそうに首を振った。

「レックスはオードリー嬢を家までお送りしなさい。可憐なレディを一人歩きさせてはいけないわ」

ミランダ様がさも当然そうに言う。

いや、可憐って、どの辺だろうか。

鉱物ハンマーをぶんぶん振り回していることをお伝えしたほうがいい気がする。

「それもそうですね」

レックスさんも当たり前のごとくうなずいているし。

「レックスさんの貴重な時間を私なんかに使わないでください」

「あとは若いお二人で楽しんでね」

私の言葉は聞き届けられず、ミランダ様が立ち上がり、女性騎士と一緒にカフェテラスから出ていった。

レックスさんと二人きりになる。

彼が、ほんの少しだけ眉尻を下げた。

「迷惑でなければ同行させてくれ。祖母はオードリー嬢を気にかけているようだ」

彼にそう言われてしまうと、いやとは言えない。

先ほどのような変わった男性もいるし。

「わかりました。すみませんが、お願いいたします」

「ああ」

軽くうなずいたレックスさんが、メニュー表と私を見た。

「紅茶でなく、コーヒーがよかったのではないか？」

「……貴族専用カフェということで、気になっておりました」

「では、一杯飲んでから出るというのは？　先日渡したトロン豆の感想も聞きたい」

「あ、そういうことでしたら！」

笑顔でうなずいて、レックスさんと軽くお茶をすることにした。

しばらくトロン豆について語り合う。

レックスさんの口調が砂漠に行ったときよりもなめらかだ。

私に慣れてくれたのかもしれない。

会うのが三回目というのもあるかもね。

話題が魔宝石へと移り、コーヒーの美味しさから、私の口も滑りがよくなってきた。

「水晶広場には掘り出し物を探しにきたのか」

「ええ。まだ見るつもりだったのですが、ご一緒に行かれますか？」

「面白そうだ」

レックスさんがうなずく。

カフェテラスから店内の時計を見ると、三十分以上話していることがわかった。

相変わらず顔は無表情だけど、拒絶する空気がないのでしゃべりやすい。それに、レックスさんは魔宝石に対しても博識なので、話しがいのあるお相手だ。

楽しい時間は早いね。

そろそろお会計をしようと思ったところで、急に背後から声をかけられた。

「おまえ……オードリーか？」

振り返ると、元婚約者ゾルタンとドール嬢が、驚いた顔でこちらを見つめていた。

17

ゾルタンが酷薄そうな目を鋭くし、ドール嬢が唖然とした顔つきで私を見つめている。

ドール嬢は真珠があしらわれたクリーム色のオフショルダードレスを着て、胸を強調するのを忘れておらず、ゾルタンの腕に押し付けていた。

「……お久しぶりです」

軽く頭を下げる。

ゾルタンのつけている香水が鼻の奥を刺激した。

「あなた、オードリーなの？　眼鏡は？　髪は？」

「友人の勧めで変えました」

「……ッ」

ドール嬢がなぜか悔しげな顔をし、何か言おうとして、不意に私の向かいに座っているレックスさんを見て両目を見開いた。

「な……誰……？」

彼を見て、呆然と口を開けた。

レックスさんは美形すぎるから見てしまう気持ちはわかる。

当の本人は慣れているのか、無表情にドール嬢とゾルタンを見ていた。

「仕事を放棄して呑気にお茶か」

私の視界を遮るようにゾルタンがテーブルに近づいた。

品定めするように私の全身を見てくる。変な熱がこもっている気がして居心地が悪い。

「おまえのせいで業務に支障が出ている」

「何のことですか？」

「商会に戻らないならば、俺にも考えがある」

この人は何を言っているんだろうか？

前もそうだったけど、まったく会話にならない。

「……辞めるって言いましたよね。何度言えばわかるんですか？」

「黙れ。この恩知らずが――」

「――あの」

すると、黙っていたドール嬢がレックスさんに近づいた。

「彼女ではなく、わたくしとお茶しませんこと？」

私とゾルタンがドール嬢を見て硬直した。

この人、何言ってるんだ……。

ずっとレックスさんを見ていたからまさかとは思ったけど、この空気でよく誘える。

何度も目をぱちぱちとやって、上目遣いにレックスさんを見つめてるよ……。

もう何も言うまい……。

「遠慮する」

レックスさんがにべもなく断った。

彼はこういった女性が苦手な気がする。

ドール嬢は癪に障ったのか、さらに笑顔を作って彼に触れるぐらい近寄った。

「どうしてですの？　わたくしと話したほうが楽しいに決まっていますす。そうそう、この女、恩知らずなんですの。商会に迷惑をかけるダメな女ですわ」

「彼女は腕利きの鑑定士だ。愚弄するな」

「えっ……」

ドール嬢は家柄もよく、見た目も華やかだ。

傲慢な口ぶりでも男たちが褒めそやす。

だからなのか、レックスさんに冷たい目を向けられ、彼女はぎょっとした。

「わ、わたくしは十五歳で鑑定士になった、Ｃランク鑑定士ですわ。わたくしのほうが優秀ですのよ」

「オードリー嬢、掘り出し物がなくなってしまう」

レックスさんがドール嬢を無視し、立ち上がって私に手を差し出した。

「あ、はい……」

いたたまれない空気の中、彼の手を取り立ち上がる。

ドール嬢の顔を見ると、鬼（オーガ）のような怒り顔をしていて、変な声が出そうになった。「陰気女のくせにいい男を連れて」という声を漏らしている。

とんでもない勘違いだ。

放っておいてほしいのに……なぜこんなことに……。

ゾルタンが業を煮やしてドール嬢の腰を抱くと、彼は彼でレックスを睨みつけた。

ドール嬢にお咎めがないのが謎だ。

二人は付き合っているのではないの？

ドール嬢が目の前で別の男を口説き始めて、ゾルタンはなぜ何も言わないのだろう？

他の異性との交友了承という、恋愛経験ゼロの私にはわからない取り決めが存在するのだろうか。

二人の関係性が不明瞭すぎる。

「見た目を改善して男を作るとは、俺への当てつけか？」

ゾルタンがこちらを睨みつけた。

「おまえは商会の物だ」

「……」

「逃げるなど許さん」

「行こう」

レックスさんが手を引いてくれたので、逆らわずに歩く。会計をしようとしたら、すでにミランダ様が多めにお金を払ってくれていた。

ボーイにチップをあげて、カフェを後にした。

背中に刺さる二人の視線が痛い。

あとで家に来たりしないよね……。いやな予感がする。


人混みにまぎれると、水中から浮上したような感覚になって、大きく深呼吸をした。

「事情は聞かないが、あまりいい人物ではないな」

横にいるレックスさんが眉をひそめる。

ゾルタンとドール嬢にかかわることになってしまい、申し訳ない気持ちが膨らんでくる。

「おかしな二人で申し訳ありません」

「なぜオードリー嬢が謝る？　男も、下品な女も、オードリー嬢が呼んだわけではないだろう」

下品な女とは……レックスさんはかなり不快だったらしい。

「それでもご迷惑をおかけしていますから」

立ち止まって、深々と一礼する。

「顔を上げてくれ。気にしていない」

レックスさんは表情を変えずに歩き出した。

その後を追い、横に並んだ。

「私より自分の身を案じたほうが賢明だろう。あの二人、オードリー嬢に執着しているように見えた。しばらく外出は控えたほうがいい」

「そうします」

ゾルタンの目を思い出し、私は即座にうなずいた。

あの二人のせいで変な空気になってしまった。気を取り直して笑顔を作る。

「掘り出し物を探しましょう。コツは、素早く魔力を見ることですよ」

クリスタの助言をレックスさんに伝えると、彼は肩をすくめた。

「それができるのは鑑定士だけでは？」

「あ、そうですね……では、解析をかけてみてはどうでしょうか？」

「ふむ。やらないよりはマシかもしれない」

安価な魔宝石を販売している露店を見つけ、私たちは足を止めた。

カフェテラスの方角からドール嬢の金切り声が聞こえたような気がしたが、さすがに距離が離れすぎている。幻聴だと思いたい。

魔宝石を手に取ると、その美しい輝きに、私はあの二人のことなどすっかり忘れて没入していった。

18

カフェテラスでゾルタンとドール嬢に遭遇してから、一週間ほどが経った。

今のところ、ゾルタンが家に来たりはしていない。

それよりも、レックスさんがドール嬢につきまとわれているらしく、彼が鑑定士ギルドへクレームを出していた。

あの人……本当にご勘弁していただきたいよ……。

自分の思い通りにことが運ばないと気が済まない質（たち）なのだろうか。

同じ鑑定士として恥ずかしい。

ギルド長に呼び出されて、事情を話す私の身にもなってほしいというか……。

とりあえず、ありのままを話して、ついでにゾルタンとの関係性も説明しておいた。

ギルド長がいたく心配してくれ、知り合いの都市騎士に相談し、私の家周辺を強化して巡回してくれる、という話になった。

ちなみにだけど、私と婚約破棄したせいでカーパシー魔宝石商は不誠実だという噂が流れており、鑑定士たちからの評価は下がっているらしい。皆、あまり依頼を受けたがらないそうで、カーパシー魔宝石商は鑑定士の確保に難儀しているそうだ。
ゾルタンの怒りっぷりは、その辺が関係しているみたいだった。
「これがモリィの言っていた、ざまぁというやつかな？」
『なになにー？』
私の独り言に、クリスタがふわふわと飛んでくる。
『王都で流行している小説のジャンルの話だよ』
『へえ、今度読んでみようかな』
『じゃあモリィに言って確保してもらうね。売り切れ続出みたいだから』
『うん』
クリスタが嬉しそうにくるくると空中で回り、私の肩に乗る。
『今日はどこに行くの？』
『ミランダ様のお屋敷に行くよ』
『この間会ったおばあちゃんね。そういえば、魔道具を十個くらいつけてたなぁ』
クリスタがあっけらかんと言う。
『え?!　そんなにつけていたの？』
『うん。防護系が多かった気がする〜』
『本物のお金持ちは違うね……』
防護系の魔道具は高価なものばかりだ。

一つで一般家庭の年収ぐらいの金額はする。

それを複数所有しているとは、お金持ち蒐集(しゅうしゅう)家極まれりといったところか。

クリスタと話していると時間になったので、身だしなみをしっかりと整えて、待ち合わせ場所に向かった。

レックスさんが、お屋敷に行く前に、私の服を見繕ってくれるそうだ。

男性が選ぶなら、おそらくそこまで時間はかからないよね。

父さんは即断即決だった。

どんな服をおすすめしてくださるのか、今から楽しみだ。

〇

男性が選ぶと早いと言ったのは誰？

いや、私なんだけど……。

まさか、こんなに時間がかかるとは思わなかった。

「……もう、よろしいでしょうか……？」

既製品を販売している服飾店で三十回ほど試着をさせられた。

大奥様と会う前に体力がなくなりそうだよ。

『まだ着るの？』

クリスタが宙に浮かんで口を尖らせている。

「お似合いでございます、オードリー嬢」

お上品な店員さんが笑顔をこちらに向けた。

「準男爵の準正装(デミ・トワレット)ならこのくらいが妥当か……」

横からあれこれと注文をつけてきたレックスさんが無表情に口を開いた。

相談に乗ってくれるのは感謝しかないけれど、レックスさんは一切の忖度がない。歯に衣着せずに意見してくる。

女性鑑定士ならば落ち着いた色だろうと店員さんと相談し、暗めの色のドレスワンピースを散々着せた挙げ句に「似合わない」の一言。銀髪には明るい色が似合いそうだと、さらに色々と着せられて、最終的に流行最先端である爽やかな水色と白のボーダーカラーのドレスワンピースで決着した。シルクレースの手袋をつければ、服装だけはどこぞのご令嬢の完成であった。

「ハリソン様。いかがでしょうか？」

「……肩回りが気になるな」

「気づきませんでした。さすがでございますわ」

レックスさんの一言に、店員さんが合いの手を入れる。

「別のドレスを持ってこさせよう」

この人、鬼ではないだろうか……？

「あの、レックスさん。なぜそこまで熱心に勧めてくださるのですか？　私は恥をかかない程度の服装ならいいのですけれど……」

レックスさんはぴくりと眉を動かし、腕を組んだ。

「そうだな……オードリー嬢は優秀な鑑定士だ。私が同行したからには、納得のいく服装を着てほしい……と思っているのかもしれない」

自分自身の気持ちを探るように、レックスさんが言う。

高評価が嬉しくて背中がむずがゆくなってくる。

でも、これ以上の試着はご勘弁願いたかった。あと、着ているボーダーカラードレスが結構可愛くて気に入っている。

「ありがとうございます。こちら、とても気に入りました。肩回りも別に気になりませんよ」

私の言葉に店員さんがにこやかに一礼した。

レックスさんは黙ってうなずき、引き下がってくれる。

「かしこまりました。普段使いの服もご所望とのことでしたがいかがなさいますか？　もしよろしければ何着か選別いたします」

「ぜひそうしてください」

「承知いたしました。では、後日お引取りか郵送、どちらになさいますか？」

「郵送でお願いいたします」

上着、インナー、スカート、靴……無限にある組み合わせから適切な品を選んで着こなすのがオシャレ人としての使命、らしい。魔宝石に含まれる鉱石の含有率ならいつでも言えるのだけど……

オシャレ人への道のりは果てしなく険しい……。

お会計は結構な金額になった。

ボーダーカラードドレスはレックスさんが出してくださったけど、さすがに普段使いの服まで支払ってもらうのは気が引けた。レックスさんが当たり前という顔で、すべて会計しようとしていたのにはあわてた。

ジョージさんの鑑定依頼で稼いでいてよかったよ。

「オードリー嬢、よく似合っている」

レックスさんが無表情ながら、わずかに目を細めて鏡に映る私を見つめた。

ゆるふわヘアの銀髪に、爽やかなドレスワンピース。胸元にはレースがあしらわれ、シルクの手袋がご令嬢味を底上げしてくれていた。

馬子にも衣装という最東国のことわざがぴったりなような気がする。

いや、洋服たちが頑張って貧相な私を見れる程度にしてくれているのか……。

「お支払いの前に化粧をいたしましょう。こちらへどうぞ」

店員さんの、曇りなき笑顔が眩しい。

覚えたての私がした化粧ではミランダ様に失礼だろう。無念。

「素材がいいので腕がなりますわ！」

「どうぞお好きになさってください……」

お上手なおべっかを聞きながら、化粧台へと手を引かれた。

〇

新品の服に身を包み、馬車に乗って移動する。

準男爵の証明書を門番に見せ、貴族街へと入った。

貴族街は王都の北側にあり、貴族とその関係者、店舗従事者しか区画に入れない。

ほぼ平民と変わらないけど、私もいちおう準男爵だ。

窓から貴族街の風景を眺めていると、約束の時間より少し前に、お屋敷へ到着した。

「手を」

レックスさんが馬車を降り、丁寧に手を差し出してくれる。

「失礼いたします」

男性のエスコートは初体験だった。

魔算手袋（エディトグラブ）に包まれた彼の右手を取り、馬車を降りる。

意外にも魔算手袋（エディトグラブ）はなめし革のような手触りだった。手袋越しでもその特徴的な手触りがわかる。

「オードリー嬢？」

彼が手の甲を指ですりすりと触られていることに気づき、顔を向けてくる。

「あっ、癖でつい」

あわてて手を引っ込める。

知らぬうちに手触りを確認してしまっていた。魔宝石や鉱物を手に取るとよくやってしまう。恥ずかしい。

「鑑定のときに、こう、手触りを確かめるんですよ……魔算手袋(エディトグラブ)に触れるのは初めてだったもので……失礼いたしました」

「そうか」

レックスさんは気にした様子もなくうなずき、優雅にエスコートしてくれた。

何をしても絵になる人だ。

王都の伯爵家別邸に入り、ミランダ様の部屋の前に到着した。

緊張で、頭にしびれるような感覚が走る。

廊下にある物すべてが最高級の調度品ばかりだ。

こっそり深呼吸をして、緊張をほぐす努力をしてみる。

「オードリー嬢をお連れした」

レックスさんが言うと、水晶広場にも同行していた護衛の女性騎士がドアを開けてくれた。

小洒落た調度品が並ぶ個室に通され、ミランダ様と対面した。

「Dランク鑑定士オードリー・エヴァンスでございます。ご依頼のため参りました」

「どうぞおかけになって」

ミランダ様は先日同様、肩で切りそろえた金髪の半分を、頭の横で巻いている。

今日は青磁色に光沢のあるエンパイアタイプのドレスに、純白の真珠ネックレスをつけた、シンプルな装いだ。

おそらくだけど、室内に所狭しと魔道具が飾られているから、自分のドレスはシンプルにしているのだろう。

美容魔道具から巨大な斧まで、高級なおもちゃ箱のような部屋だ。

「流行のボーダーカラーね。素敵よ」

「ありがとうございます。レックスさんに選んでいただきました」

「まあ、若いっていいわね」

ミランダ様が笑みを浮かべ、席を勧めてくる。

「失礼いたします」

ふかふかのソファに腰を下ろすと、メイドさんがコーヒーを持ってきてくれた。

焙煎のきいた香ばしい匂いに頬が緩んだ。

「コーヒーが好きならそうと言ってちょうだい。私も集めているのだから」

ミランダ様がちらりとレックスさんを見る。

「あのときは気が回りませんでした」

「レックスが朴念仁なのは今に始まったことじゃないわね。気にしないでおきましょう」

ミランダ様が笑みを浮かべると、レックスさんが肩をすくめてみせた。

どうやら言われ慣れているらしい。

「オードリー嬢、この部屋はいかがかしら？」

両手を広げてミランダ様が自慢のコレクションを紹介する。

「古いものから新しいものまで集めておられますね。魔道具に使われている魔宝石が気になります」

「ピーターと同じことを言うのね」

ミランダ様が嬉しそうに言った。

「そうですか。血は争えない、ということでしょうか？」

なんとなく気恥ずかしくて、そんなことを言ってごまかしてみる。

父さんも魔道具で埋め尽くされた部屋を見て、魔宝石が気になったのかな。

「魔道具の効果はあとで紹介させていただくわ。先に鑑定依頼をお願いできるかしら」

「はい！　いつでもどうぞ、お願いいたします」

ミランダ様が所有している魔宝石はきっと貴重なものだ。

うきうきした気分で、ジュエルルーペを取り出す。

「まあ、本当に魔宝石が好きなのね」

「石のことになると人が変わるんです、オードリー嬢は」

ミランダ様の言葉に、レックスさんが答える。

先日、自由市の露店で「暗くなってきた」と言うレックスさんに、私が「もう少しだけ」と、何度も粘ったせいかもしれない。

申し訳ないなとは思っていたんだけどね……魔宝石が可愛くて可愛くて……。

「鑑定士は魔宝石が好きですよ。私が特別おかしいというわけではないと思います」

「オードリー嬢ほど熱中しない気がするが」

レックスさんが歯に衣着せずに言ってくる。

この人ほんとはっきり言うよなぁ……。

「オードリー嬢を困らせないで、レックス」

ミランダ様が上品に口元を手で押さえて笑い、ソファの後ろにあるガラスケースから、台座に載った、独特の光彩を生み出すブローチを持ってきた。

ブローチは雪結晶の形をしている。

中央に2カラットはありそうな紅色の魔宝石が鎮座し、その周りを小粒のダイヤモンド――メレダイヤが装飾していた。

魔宝石の種類にもよるけど、一千万ルギィはしそうだ。

「このブローチを鑑定してほしいの」

ミランダ様は台座ごとテーブルに置き、ご自分で何度か角度を変えて眺め、私の前に押し出した。

「素晴らしいブローチですね。どちらで購入されたのですか？」

「これは昔の愛人にもらったものなのよ。ああ、うちの旦那様には内緒でお願いね」

「胸に秘しておきます」

愛人……伯爵家の大奥様ともなると違うね。

恋愛小説でしか聞かない言葉だ。

「冗談よ。そんな顔しないでちょうだい」

ミランダ様が笑って言うけど、わかりづらい冗談ってちょっと困る。

「お願いできるかしら？」

「もちろんでございます。では、拝見いたします」

早速、ブローチを手にとって、中央の魔宝石をジュエルルーペで鑑定する。

ワインレッドのような深い赤色に、少女のような透明感。

ガーネットで間違いはないだろうけれど……色合いが特殊だ。

ガーネットはポピュラーな赤色以外にも、ガーネット・グループと呼ばれる、別色の石が存在しており、赤、オレンジ、緑など、多様だ。

結晶の構造は同じなのに、成分、物色、含有物、魔力などで色が変化するせいだと父さんが言っていた。

魔力の流れを見極め、深くまで潜っていく。

すると、おかしな点に気づいた。

これは……鑑定結果をお伝えするのが心苦しいかも……。

私は瞳に注いだ魔力を霧散させ、ジュエルルーペから顔を上げた。

「どうかしら？」

ミランダ様がこちらを見る。

「……見たところ、ガーネット・グループに属する魔宝石、〝心奪柘榴石（マラヤガーネット）〟かと思われます」

「〝心奪柘榴石（マラヤガーネット）〟ね。それで……他に何か言いたいことがあるのでしょう？」

　ミランダ様が私の顔を見つめる。

　言いづらい、という気持ちが表情に出てしまっていたようだ。

「大変心苦しいのですが……この石は、ガーネットに魔力を注ぎ、色を変色させ、魔宝石であるかのように見せている、贋作でございます」

　意を決して説明する。

「巧妙に作られたもので、相当な腕前の贋作師による作品です。これ自体に一定の価値を見出すこともできるほどの出来栄えでございます。ですが、買取価格は、贋作ということで著しく下がるかと思われます」

　私がそこまで言うと、ミランダ様が沈黙した。

　彼女はブローチを手に取ると、しげしげと眺め、深くため息をついた。

「合格、ということでいいのかしらね」

　ミランダ様がぽつりとそんなことを言った。

「合格？」

「いやだわ、このブローチを見ると、ちょっと腹が立つのよ」

　そんなことを言いながら、ミランダ様がブローチをテーブルに置いた。

　困惑していると、ミランダ様が口を開いた。

「ピーターからお願いされていたの。いずれ娘が鑑定士になるから、会ったらこれを鑑定させろ、ってね」

「父がですか？」

「あの人、あなたの心配ばかりしていたのよ。私ほどの地位の人間に贋作だと伝えられるか、不安だったんじゃないかしら。オードリー嬢は優しい娘だってずっと言っていたからね」

ミランダ様は気品のある雰囲気から一変して、ふてくされたような態度になった。

私の隣にいるレックスさんが苦笑している。

どういうこと？

「ちっとも相手をしてくれないのにこれを渡してくるなんて、ひどいと思わない？」

「えっと……父をお誘いしていたのですか？」

「愛人契約を持ちかけたわ」

「えっ……愛人って……父のことだったんですか？」

あの無口な父さんが誘われるなんて、信じられない。

「もちろん相手にされなかったけれど」

ミランダ様が深くソファにもたれかかり、上品に脚を組んだ。

レックスさんが「ミランダ様」と苦言を呈しているけど、彼女は首を振った。

「オードリー嬢はピーターの娘でしょう？　気安い関係でいたいのよ」

「そう言われるなら」

レックスさんが、困った人だと言いたげな顔をしている。無表情がほんの少し崩れていた。

「オードリー嬢。ピーターが贋作の〝心奪柘榴石（マラヤガーネット）〟を渡した意味を考えてみてちょうだい」

そう言われ、なぜミランダ様がふてくされているのかピンときた。

〝心奪柘榴石（マラヤガーネット）〟は微力ながら、見た者を魅了する効果のある魔宝石だ。

「ピーターはこれを渡して遠回しに断ってきたのよ。あなたに魅了されることはないって、そう言いたかったんじゃないかしら。女心がわからない人よね。あの無口な頑固者」

寂しそうに、ミランダ様がブローチを見つめる。

魔道具蒐集家の彼女がAランク鑑定士と取引するのは自然な流れだ。

ミランダ様と父さんがどんな関係だったのかはわからない。

でも、不思議と、父さんが言いたいことは違うような気がした。

何かメッセージが隠されている気がし、もう一度ブローチを鑑定する。

周囲のダイヤ、ブローチの台座を見る。

「あっ……」

私は脳内にある〝心奪柘榴石（マラヤガーネット）〟の情報を引っ張り出し、とある一つの考えに行き着いた。

気づけば簡単で、しっくりくる解答だ。

「ミランダ様、その解釈は違うかと思います」

「……どういうことかしら？　あの人は、このブローチを私に託した。私が愛人契約を提案したことに怒っていた。違う？」

「恐れながら……旦那様は辺境の地にまだいらっしゃるのですか？」

「旦那？　ええそうよ。うちの旦那、さっさと家督を譲って、魔道具の研究のために家から出ていったわ。年に二度しか帰ってこないの」

　ミランダ様の夫、ハリソン元伯爵は魔道具研究者として名を馳せている人だ。

　辺境の地で研究室を開き、そこにこもっている。

「〝心奪柘榴石（マラヤガーネット）〟のマラヤには、見捨てられた、という意味があるのはご存じですか？」

「……初めて知ったわ」

「父はミランダ様に〝心奪柘榴石（マラヤガーネット）〟の贋作をお渡しし、見捨てられたというのは偽りである……つまりは、その考えは間違いである、と言いたかったのだと思います」

「……」

「あとは……ミランダ様の魅力に自分の心が動かされないよう、わざと贋作を渡したんです」

　ミランダ様が何度かまばたきをし、じっと私を見つめる。

「父は頑固者です。母は私を生んだときに死にました。父は母の気持ちを裏切らないため、他の女性とはお付き合いしないと誓っていたのかもしれません。あの父なら、それくらいは考えそうです」

「……詭弁よ」

　ミランダ様が唇を噛み締める。

「いえ、ミランダ様にブローチを贈ったのがその証拠です。あの父が、魔宝石単体ではなく、わざわざブローチを贈るなど、驚きました」

「……そう。実の娘が言うと、説得力があるわね……でも……」

「ご覧ください」

ブローチを手に取り、ブローチ台の部分をミランダ様にお見せする。

贋作の〝心奪柘榴石（マラヤガーネット）〟を支えるブローチ台には、極小のくぼみがあった。

私は小さな魔宝石に使うピンセットを出して、くぼみを押した。

カチリと音がして、贋作の〝心奪柘榴石（マラヤガーネット）〟がテーブルにこぼれ落ちた。

「このように、取り外しができるようになっております。父は、ミランダ様にふさわしい魔宝石を後でつけてほしかったんだと思います」

テーブルに転がった贋作の〝心奪柘榴石（マラヤガーネット）〟を見るミランダ様。

「……あの人……本当に無口なんだから……」

ミランダ様がハンカチで目元を押さえた。

「……無口ですみません……」

「あなたが謝ることじゃないわ」

「いえ……娘として恥ずかしいというか、申し訳ないというか……」

「はあ……こんな回りくどい言い方じゃなくて、一言だけでいいから、綺麗だって言ってほしかったわ。私も意地になって、愛人契約なんて持ちかけて……」

父さんの性格上、面と向かって「綺麗ですね」などは絶対に言わない。

「言えたらこんな誤解は生まれなかったんですけれど」

紛らわしいことをするなと、父さんにお説教をしたい。

はっきり口で説明してあげればいいのに。

こんな美人な人に好かれたのにさ……。

というか、私が仕掛けに気づくと思って説明しなかった可能性もある。いや、十分にありそうだ。

妙に私のことを優秀だと言っていたから。

実の娘に自分の恋愛事情を時間差で丸投げするとはどういうことだろうか。

「まったくもう……」

意外と父さんはモテたのだろうか？

ミランダ様に気に入られた父さんが、ちょっと誇らしい気もする。

「オードリー嬢、ありがとう。素晴らしい鑑定結果だったわ」

涙を拭いたミランダ様が、ブローチを胸に抱いて笑った。

ミランダ様はやはり笑顔が似合う、素敵なご夫人だ。

「差し出がましいことを言ってしまい、申し訳ございませんでした」

「あなたと出逢えてよかったわ。これからも、鑑定依頼をするからよろしくね」

「ご依頼……ありがとうございます！　ぜひともエヴァンス鑑定事務所をご贔屓(ひいき)に！」

父さんの誘導も多分にあるけど、ご満足いただけて嬉しい。

ミランダ様が笑みを浮かべた。

「鑑定士になれてよかったわねぇ」

「それはもう、はい！」

「ピーターも喜んでいるわね、きっと」

ミランダ様はそう言って、中央がぽっかりと空いた、雪結晶のブローチを眺めた。

19

『〝柘榴石(ガーネット)〟がいっぱいだね』

クリスタが作業台の上に並べているザクロ色の魔宝石を触り、楽しそうに笑った。

二枚羽を揺らしてクリスタが飛ぶ。

アトリエに差し込む日光が彼の羽を照らすと、光彩を作った。

『遊ぶのはいいけど混ぜないでね。鑑定のやり直しになるから』

『うん』

ジョージさんから紹介を受け、偶然にもガーネット・グループの鑑定をしているところだ。

魔宝石・〝心奪柘榴石(マラヤガーネット)〟は今のところない。

かなり貴重な魔宝石だからね。

おそらく、今見ている依頼の品は、同じ場所で採掘をした魔宝石だろう。

『あなたも可愛い〝苦礬柘榴石(パイロープガーネット)〟だね。こっちに仲間入り』

魔力を含んだ石を右に移動させる。

〝苦礬柘榴石(パイロープガーネット)〟のいいところは、一つ一つが小さく、ブローチなどに加工しやすい点にある。

一つでは魔法効果を発揮しないが、いくつかをつなぎ合わせると、魔法障壁を出現させることが可能だ。数回で割れてしまうので、使い切りをイメージするとわかりやすい。

貴婦人の護身用として人気の魔宝石だ。

『大きい子だね。あなたは特別枠へどうぞ～』

やや大きめの〝苦礬柘榴石（パイロープガーネット）〟は上へと移動させる。

ただ鑑定しているだけなのに、とても楽しい。

種類は一緒でも、同じ魔宝石は一つとしてない。

形や大きさ、魔力の流れ。これからこの子たちは加工されて装飾品や魔道具として活躍する。新しい魔宝石を手にした持ち主たちも、それぞれ違った物語が紡がれていくのだ。


集中力が切れてきたので一息つくことにした。

「んん～」

両手を伸ばすと気持ちがいい。

ちょっと集中しすぎたかな？

そういえば、ミランダ様のお屋敷に行ってからもう二週間か。

個人事業主生活も慣れてきた。

自由に仕事ができるっていいよね。

好きな時間に休憩をして、疲れたらソファでごろごろしたり、小説を読んだりもできる。

そういえば、レックスさんとはあれから一度街で偶然会って、喫茶店で小一時間ほど話をした。

魔道具師の話を聞くのも面白いし、彼も懇意にしている鑑定士がほとんどいないそうで、私が魔宝石の知識を披露しても嫌な顔せずに聞いてくれる。

まあ、嫌な顔というか、ほぼ無表情なんだけれど。

レックスさんの話をモリィにしたら、「ついにオードリーに春が来た！」と興奮していた。

いや、彼とそういう関係になることなどあり得ない。

ゾルタンに婚約破棄されてから、自分が男性と恋愛をしている未来がまったくもって想像できなかった。私は多分、一生独身だろう。

『これ、魔力が多いね』

クリスタがむむむと言いながら〝苦礬柘榴石（パイロープガーネット）〟を見て、大きな目をぱちぱちとさせている。

その可愛さに頬が緩む。

『その子が一番高いよ。値段をつけるなら四十万ルギィだね』

『ふぅん』

カーパシー魔宝石商を辞めてから一ヶ月以上経つのか……。

あそこで働いていたのが遥か昔に感じる。

稼ぎは以前の月収十万ルギィと比べるべくもなく、よくなっている。

何より、仕事ぶりを褒められるのが嬉しかった。

カーパシー魔宝石商にいた頃は一度も褒められたことがない。

もう、私のことはみんな忘れているだろう。事務員が一人いなくなっても、所詮、仕事は回るのだ。社会とはそういうものだと、よく小説にも書いてあるし。

タイミングよくクリスタが『豆が食べたい』と言ったので、ガーネットを専用のケースにしまい、リビングに移動した。

『ケニエスタ豆がいい』

『じゃあ私もそうしようかな』

戸棚からコーヒー豆の袋を取り出し、この間、雑貨屋で買った精霊をモチーフにした小皿の上に豆を出した。

『ありがと』

そう言って、クリスタがぼりぼりと豆をおやりになる。

可愛い姿を見ながら、コーヒーから立ちのぼる湯気をぼんやりと眺めた。

時間がゆっくりと進む。

日差しが心地いい。

窓から差し込む光が、まっすぐ絨毯に当たっている。

定規で引いたような光の影が、六角柱をした水晶の一片みたいだなと考えていると、クリスタが大きなあくびをした。

『食べたら眠くなってきた』

クリスタがふわふわと飛んできて、膝の上に寝転んだ。

『寝ちゃっていいよ。私、小説を読むから』

『うん……』

クリスタが三秒ほどで寝息を立てた。

いつも思うけど、寝付きがいい。

彼を起こさないようにコーヒーカップをサイドテーブルへ置き、小説『ご令嬢のお気に召すまま』を手にとって、ぱらぱらとページをめくった。

インクの匂いが私を物語へいざなってくれる。

今日は第一章から読むことにし、活字に目を落とした。

○

コーヒーを飲みきり、第一章も半分を過ぎた頃、呼び鈴が響いた。

『……お客さん？』

クリスタがむくりと起き、玄関へと飛んでいく。

すぐにリビングへ戻ってきて、渋い木の実を食べたような顔をした。

『あいつらがきてるよ』

『……ゾルタンとドール嬢？』

『香水男と、うるさい女』

あの二人で間違いないね。

やっぱり来たか。

「陰気女！　いるんでしょ！　早く門を開けなさい！」

ドール嬢の金切り声が小さく聞こえる。

門を揺らしているのか、ガシャガシャと音がした。

あの人はレディの嗜みというものをどこかに捨ててきたのかな……。

『無視すれば～？』

『何度も来られたら困るから、会うよ』

『え～、会わなきゃいいのに～』

念のため、アトリエからハムちゃんを持ってきてワンピースのベルトに挿しておく。

玄関に向かうと、クリスタが仕方なさそうに私の肩に乗った。

ドアを開け、門の前まで行くと、ドール嬢が目を吊り上げた。

「早く出てきなさいよ！　このグズ！」

偉そうに指をさし、オフショルダーのドレスで強調された胸を前へ突き出している。今日は花柄のドレスに、赤いハンドバッグ姿だ。ヒールも赤い。

隣にいるゾルタンは、緑がかったストライプスーツに真っ赤なネクタイで、相変わらず何を考えているのかわからない目でこちらを見ていた。

「ようこそエヴァンス鑑定事務所へ。鑑定のご用命でしょうか？」

門は開けないでおく。

ドール嬢が今にもつかみかかってきそうな顔をしていたからだ。

「レックス様から手を引きなさい。陰気女の分際であの方の隣にいるなんて、許されないことだわ」

「……えっと、意味がわからないのですが」

「白々しい！　あなたたち付き合っているのでしょう?!」

「え？　ただの友人ですけど……」

「カフェで逢引きしているのを見た人がいるのよ！　恋人だという証拠でしょう！」

「道端で偶然会って、時間つぶしにカフェに行っただけですよ」

そう言うと、ドール嬢が悔しそうに歯噛みした。

「道端で偶然会ってカフェ？　なんてうらやましい……」

そこまでつぶやいて、ドール嬢はキッと私を睨みつけた。

「今に見てなさい！　Cランク鑑定士であるこの私が、あなたの資格剥奪を進言したわ。この意味わかる？　そのうち、あなたの鑑定士のバッヂは取り上げられるわ。そうすればレックス様は幻滅してあなたと別れるでしょう」

「……なぜそんなことを？」

あの理知的なギルド長が、大した理由もなく剥奪処分にするとは思えない。

「なぜ？　なぜですって？　あなたが不正をして合格したからに決まっているでしょう」

「正式に試験を受けて合格しましたよ」

「役立たずが過去最高得点で合格？　そんなのあり得ないわ」

後でギルドに報告したほうがいいかな？

私が口を開こうとすると、ドール嬢が遮るように声を上げた。

「それから、カーパシー魔宝石商を不当な方法で退職したことも伝えておいたわ。恩を仇で返す最低な女だとも言っておいたから」

得意満面という顔つきでドール嬢が腕を組む。

「不当な方法で退職？」

意味不明な言いがかりに脳内が疑問符でいっぱいになった。

契約書も交わしていないのに、不当も何もあったものではない。

隣で黙っていたゾルタンが一歩前へ出て、門の鉄柵をつかんだ。

「おまえのせいで商会の評判が下がっている。今なら許す。戻ってこい」

ゾルタンとは会話にならないから無視しよう。

「ご用命でないのなら、お帰りください。こう見えて忙しいんです」

そう、このあと、『ご令嬢のお気に召すまま』の続きを読まなければいけないのだ。

「いい加減にしろ」

ゾルタンが底冷えする声を出した。

「身ぎれいにして、新しい男を作り、鑑定士として働いているだと？　俺をどれだけ侮辱すれば気が済むんだ。なぜ婚約中にしなかった？」

『こいつぶっ飛ばす～？』

クリスタがいーっと歯を出している。

一瞬、ハムちゃんに手を伸ばしかけたけど、止めた。

こんなとき、ご令嬢ならなんと言うだろうか考える。

小説のシーンを思い返し、私は笑顔を作って、スカートをつまんで一礼した。

「お引取りくださいませ。ごきげんよう」

ご令嬢なら、優雅に帰らせるはずだ。

「……ッ！」

ゾルタンが顔をしかめ、ドール嬢がぎりぎりと歯を食いしばった。

タイミングよく、甲冑姿の都市騎士がこちらに歩いてくる姿が見えた。

巡回を多めにしてくれているのが功を奏した。

後でギルド長にお礼を言わないと。

ドール嬢はさすがにまずいと思ったのか、どうにか表情を取り繕った。

「ふん……。ギルドで聞いたけれど、あなた、大贋作会に出場するそうじゃない。レックス様のおばあ様のご推薦ですって？」

くすくすとドール嬢が笑う。

どうしよう……その話、聞いてない。

大贋作会は魔宝石の本物とニセモノを見分ける権威ある大会で、貴族の推薦がなければ出場できない由緒ある祭典だ。優勝者は賞金と名声を手に入れる。

「私も出場するのよ。失敗して、せいぜい恥をかくといいわ」

ドール嬢は気分が良くなったのか、踵(きびす)を返した。

「ゾルタン様、行きましょう」

「ああ。そうだな」

ゾルタンが腕を出すとドール嬢が手を添え、都市騎士に「ごきげんよう」と愛想を振りまきながら去っていった。

「はあ……帰ってくれた……」

深いため息が漏れる。

色々と意味不明だったけど、一番よくわからないのは、やっぱり二人の関係性だ。

ドール嬢がレックスさんを追いかけているのに、ゾルタンは何も言っていないのが気になるよね。

『汚い目玉だね。あれはいらないや』

クリスタがそんなことを言って羽を揺らし、家へと戻っていった。

可愛いのに怖いよ……精霊さん。

コーヒーでも飲んで気を取り直そう。

私もクリスタの後に続き、リビングのソファに身体を沈めた。

○

その後、時間を置いてからギルドに行って、あったことを報告しておく。

ギルド長は不在のようだ。

「そうなんです。ドール嬢の振る舞いには困っているんですよ」

受付嬢のジェシカさんが綺麗に伸びた眉をひそめる。

彼女とは何度かランチに行っていて、気安い間柄になっていた。仲良くしてくれて嬉しいよね。

「やはりですか……レックスさんの件はどうなりました？」

「それが、レックス様へのご執着も未だに続いているらしく、注意勧告をしても聞く耳を持ってくださらないんです。魔道具師ギルドからも連絡がきている始末で……」

「聞いた話ですが、ドール嬢のお父様は鑑定士ギルドに口利きができるとか？」

「大きな声では言えませんが」

ジェシカさんがカウンター越しに顔を近づけてきたので、耳を寄せる。

「副ギルド長と繋がりがあるそうです。現在、ギルド長が裏で動いているらしいですよ」

「鑑定士ギルドも一枚岩ではないんですね」

以前聞いたウワサは本当らしい。

ひょっとしたら、ドール嬢が不正をしてCランクになったという話も、本当かもしれない。

でも、大贋作会に出場するということは、実力はあるのだろう。

大会ではその場で鑑定しないといけないからね。

あまり人を疑うのもよくないか。鑑定士のバッヂはそう簡単にもらえない、合格率一割の難関資格だ。

「ギルド長が着任してから風通しはずいぶんよくなったんですけどね」

「そうだったんですね」

私たちは互いに顔を離した。

話題を変えるべく、大贋作会について尋ねてみると、ジェシカさんが明るい笑顔を作った。

「オードリー嬢にお伝えしようと思っていたところなんですよ！　あの、魔道具蒐集家であらせられるミランダ・ハリソン大奥様のご推薦ということで、ギルド内でも話題持ちきりです」

「私が大贋作会に出場、ですか」

相当な実力者のみが出場できる大会だ。

推薦した貴族のメンツも、鑑定士の両肩にのしかかる。

「出場なさいますか？　棄権される方もいらっしゃいますよ？」

以前の私だったら、出場は断っていたかもしれない。でも、答えは決まっている。

まだ見ぬ魔宝石を鑑定できるかもしれない。

贋作の鑑定もいい経験になる。

出ない、という選択肢はないよね。

「もちろん出場します！」

「ありがとうございます！　お父様のように、優勝目指して頑張ってください」

「そういえば……父さんは優勝したことがありましたね」

「例の、名前を言うのも忌避される贋作師の作品を看破したそうですよ。全鑑定士が本物と言ったものを、ピーター様だけニセモノだと言ったそうです。カッコいいですよね」

自分の力を信じているから言える言葉だ。

私も出場して、少しでも父さんに近づきたい。

「では出場手続きをさせていただいて……ああ、そうです、興奮して忘れてしまうところでした。ミランダ様から手紙をお預かりしております」

ジェシカさんが背後の戸棚から封蠟のされた手紙を出した。

「参加費は無料です。日時は一週間後。各地から鑑定士が集まりますから、王都出身ギルドの威信を賭けて、ぜひとも勝ってください」

「善処します」

「過去の情報が資料室に保管してありますけど、ご覧に――」

「見せてください。早速勉強したいと思います」

過去の大会でどんな贋作が出てきて、どの種類の魔宝石が登場したのか、気になって仕方がなかった。

ああ、どんな魔宝石が出てくるんだろう。

権威ある大会だから、きっと普通ではお目にかかれない逸品が出されるはずだよね。

楽しみすぎて今から興奮してくる。

「あの、オードリー嬢……浮かれるのは結構ですけど、閉館時間は守ってくださいね？」

ジェシカさんがじっとりした目線でこちらを見ていた。

「あ……その節はすみません」

「私、心配しているんです。いつかオードリー嬢が魔宝石を餌に連れ去られるんじゃないかって。いいですか、知らない人についていっちゃダメですよ？」

「そんな……子どもじゃないんですから。大丈夫ですよ」

「ジョージ様も心配しておられましたよ」

「ジョージさんまで」

くうっ……恥ずかしい。

あまり強く言い返せないのが苦しいところだ。

『オードリーは僕たちが好きだもんね』

クリスタが嬉しそうに笑っているのを見て、自然と笑みがこぼれた。

「資料、そんなに嬉しいんですか？」

クリスタの姿が見えないジェシカさんが、急に笑った私を見て首をかしげた。

「あ、いえ……そうですね。嬉しいです」

「ご自分に正直なところがオードリー嬢らしくて、私、素敵だなと思います」

ジェシカさんが呆れながらも、楽しそうに笑った。

「あはは……ありがとうございます」

「大会、頑張ってくださいね！」

「もちろんです！」

いきなり出場が決まった大贋作会だけれど、全力で取り組もう。

20

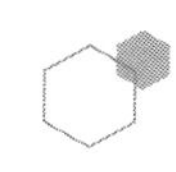

一週間後、大贋作会が開催された。

王族の催事などで利用される水晶宮殿が大会の場所となっている。

まさか水晶宮殿に入れる日が来るとは思わなかったよ。

『僕たちが丸くなってる！』

クリスタが球状になった天井へと飛んでいく。

荘厳と言っていい水晶宮殿の天井は研磨した巨大な水晶をつなぎ合わせ、球状の天井を作り上げており、陽光を存分に取り込んでいた。

「綺麗ですね」

案内役としてついてきてくれたレックスさんに顔を向けると、彼も初めて来るのか、天井を見上げてその精緻な技術に感嘆していた。

「三百年前に作られたものとは思えない」

「水晶はすべての魔宝石の基本であり、ラピス王国建国の礎になった石です。本当に美しいですね」

周囲を見ると、私たちの他にも初参加者がいるみたいだった。

数名が天井を見上げている。

そうだよね。これだけ美しかったら、しっかり目に焼き付けておきたいよね。

その他の参加者は、慣れた様子で指定の席へと向かっていた。

参加者の鑑定士バッヂを見ると、CとBランクばかりで、Dランクは私だけだ。Aランクの方はいないらしい。Aランクの鑑定士は希少だからね。

「オードリー嬢、ミランダ様が来ておられる」

レックスさんの視線の方向を見ると、水晶宮殿を囲うようにして席が設けられており、貴族らしき人たちが百人ほど見物に来ていた。その中にミランダ様の姿があった。

私と目が合うと、ミランダ様が笑みを浮かべて、上品に手を振ってくれた。

瞳のターコイズブルーに合わせたAラインのシンプルなドレスが美しい。

やっぱり素敵な人だなぁ。

しっかりと手を振り返し、オードリー・エヴァンスと書かれたネームプレートの席についた。

テーブルにはビロードのような黒いテーブルクロスが敷かれている。

参加者の鑑定士は全部で五十人ほどのようだ。

「あら、恥をかきにきたのね」

背後から聞き慣れた声が響いた。

「あなたの隣だと陰気臭さが移ってしまうわ。替えてもらえないかしら」

ドール嬢が顎をつんと上げ、芝居がかった調子でカツカツとヒールの音を響かせて、通路を挟んで隣の席についた。

よりによって隣か……。

ドール嬢は貴族席にちょうど座ろうとしていたゾルタンへ手を振った。メイドを付き添いとして連れてきている。

ゾルタンは男爵位持ちだ。

ドール嬢を推薦したらしい。

傍から見ると、ゾルタンがドール嬢の鑑定能力をそれだけ買っているということになり、ドール嬢はカーパシー魔宝石商の看板を背負ってこの大贋作会に臨む、という構図になる。

ただ、ドール嬢の余裕たっぷりな姿を見ていると、どうも真剣に大会に挑んでいるようには見えない。

自分が優勝することを信じて疑わないといった、自信が垣間見える。

とりあえず、返事はしないでおこう。

「ふん。何も言えないの？　つまらない女ね」

ドール嬢は私から目を離し、私の背後に立っているレックスさんへと甘い視線を送った。

「私が全問正解するところを見ていてくださいね。この大会で優勝できたらデートしましょう」

「遠慮する」

「まあ、恥ずかしがってしまって。本当は行きたいくせに」

ドール嬢が嬉しそうに頬を両手にあて、首を横に振った。

「その女の付き添いなんて可愛そうですわ。あとでミランダ大奥様に一言伝えないといけませんね。鑑定士は優秀なCランクであるこのわたくし、ドール・バーキンをお使いくださいと」

「……」

レックスさんが閉口して、無言になった。

他人の顔色をここまで窺わないのもある意味すごい。

五分ほどすると、水晶宮殿の壇上にギルド長と老齢の軍人が登場した。

ギルド長はシルバーグレーのスーツを着こなし、隣にいる老齢の軍人は勲章をいくつも胸につけた儀礼用の軍服を着ている。特別大きな勲章についている魔宝石が異質な輝きを放っていて、非常に価値のある石に見えた。もっと近くで見たい。

じっと勲章を見ていたら、レックスさんに肘で腕をつつかれた。

彼が首を横に振る。

ちょっとじろじろ見すぎたか……。

すると、ギルド長が口を開き、大贋作会の開催について話し始めた。

この大会の歴史と意義を説明し、それが終わると「全問正解してみせよ」と挑戦的な笑みを浮かべ、隣にいる軍人さんを恭しくご紹介した。

「本日はご多忙の中、ヴァーミリアン公爵閣下にお越しいただいた。閣下、お言葉を賜りたいと存じますがよろしいでしょうか？」

ギルド長の問いに、公爵閣下が重々しくうなずいた。

ヴァーミリアン公爵閣下！　かの有名な魔宝石卿だ！

まさか御尊顔を拝するとは思わなかった。

「優秀な鑑定士諸君。私は贋作の根絶を願っている。研鑽の成果をここで証明してくれたまえ」

しわがれた、それでいてよく通る声が響く。

閣下のお言葉に会場から拍手が起こった。

ヴァーミリアン公爵閣下はラピス王国でも有名な〝魔宝石卿〟と呼ばれる御仁で、魔宝石の蒐集と研究に私財の半分以上を費やす方だ。

魔宝石卿が出資と監修をした『魔宝石大辞典』は何度も利用している。

そのクオリティの高さは、ほとんどの鑑定士が使っているほどだ。

閣下はチャコールグレーの髪をきっちりとオールバックにし、威厳のある長い髭も整髪料で固めている。まぶたは高齢のせいか落ち窪んでいるけど、その奥の瞳は炯々とした光を放っていた。軍人だけあってかなりの威圧感だ。

一瞬、目が合ったような気がしたので、あわてて一礼し、テーブルへ視線を移した。

不敬であると後で言われたらたまらない。

拍手を皮切りに、大贋作会の課題が水晶宮殿に運ばれてきた。

ヴァーミリアン公爵閣下の小姓らしき少年たちが、色とりどりの魔宝石が載った黒のトレーを持って、行進するようにゆっくりと壇上前に並んでいく。これだけでも一見の価値がある洗練された動きだ。

観覧席からも感嘆のため息が漏れた。

「では、大贋作会を開始する！」

ギルド長の一声で、ついに大会が始まった。

◯

与えられた課題は鑑定の早さと正確さを競うものだ。

レックスさんは私から離れてミランダ様の隣に座っている。

隣にいるドール嬢が私に向かって何かを言っていたが、集中力を高めていたのであまり聞こえなかった。

会場を見つめる貴族たち。

荘厳な水晶宮殿。

ぴりぴりとした緊張感が会場を覆っている。

『オードリーなら大丈夫だよ』

クリスタの応援を聞き、大きく息を吐いた。

次々と、魔宝石をトレーに載せた小姓の少年が順番に回ってくる。持ち時間二分でそれを鑑定し、解答を少年に耳打ちしていく。

解答は『魔宝石名』か『贋作』であるか、だ。

正解であれば少年は首を縦に、間違いであれば横に振る。

全部で三十問――。

正解すると、テーブルの横に設置された得点板に数字が上乗せされていく。

すべて魔宝石が出題された年もあれば、贋作が十五個紛れていた年もある。油断ならない。

いけない……緊張で胸が痛い……。深呼吸、深呼吸。

贋作に騙されるなよ、私。

『頑張れ～』

『うん』

クリスタに小さく返事をし、ジュエルルーペを右目から離して、一問目の鑑定結果を耳打ちした。

「――贋作でございます」

最初から贋作だよ。心臓に悪い。

さすが大贋作会と言われるだけあり、精巧な贋作が出題されるね。

続いて二問目、三問目、四問目が運ばれてくる。

気づけば魔宝石の輝きに魅了され、緊張など吹き飛んでいた。

こんなにも美しく、貴重な魔宝石を鑑定できるなんて夢のようだ。きっと魔宝石卿のコレクションから出題されているに違いない。

「〝翠銅鉱(ダイオプテーズ)〟でございます」

小姓がうなずき、私の得点板をめくった。

よし、五問目も正解だ。

観客席から拍手が起こり、ざわついた。

「五問目で九割が全問正解か！」「今年の大会はレベルが高い」「その調子だ！　推薦した私の顔を立ててくれよ！」

歓声や応援が響く。もっと厳かな雰囲気で進むと思っていたので、少し面食らうね。

隣にいるドール嬢をちらりと見ると「当然ですわ」と、赤い髪を優雅に手でかき分けていた。彼女の得点板も5点だ。ここまで全問正解らしい。

いけない。周囲の空気を気にするな。

『オードリー、次が来るよ』

クリスタの声で気持ちを切り替える。

問題は二分で運ばれてくるのだ。余裕なんかない。
六、七問目と小姓がトレーで魔宝石を運んできて、あっという間に十問目となった。
正解するたびに拍手があがり、緊張の代わりにプレッシャーが大きくなる。

これで10点。

「十問目で満点は五人だ」「あの娘、ピーター・エヴァンスの後継者らしいぞ」「さすがAランク鑑定士の娘！」「見目麗しいレディではないか」「隣の鑑定士は六問目からずっと不正解か……」

観客席から声がする。

皆、結構おしゃべりだ。

「そ、そんな……問題が違う……なんで……」

隣のドール嬢が顔を真っ青にして、ジュエルルーペを持ったまま震えていた。

彼女の得点板は5点のまま動いていない。

さらに問題は進み、二十問目。

私の言葉に小姓がうなずき、得点板をめくった。

「強化・〝天河石（アマゾナイト）〟でございます」

20点。今のところ全問正解だ。

わっ、と観客席から拍手が巻き起こった。レックスさんとミランダ様も拍手をしている。

一方、隣にいるドール嬢は「なんで……どうして……」とつぶやいていた。

彼女の得点板は未だに5点のまま。

ざっと見回すと二桁を下回る参加者はおらず、ドール嬢は参加者の中で最低点数だった。

あれだけ自信満々だったのに5点では立つ瀬がない。

推薦人であるゾルタンも観客席で呆然自失の様子だ。

ドール嬢の点数が信じられないらしい。

いや、私もびっくりだよ。Eランクでも簡単に解答できる基礎的な魔宝石もあったから、さすがに5点から点数が増えないというのはあり得ないと思うんだけど。

あの自信はどこからきたのだろう？

まさか、噂通り、ドール嬢は不正をして鑑定士になったのだろうか……。

ドール嬢の横顔を見ていると、次の魔宝石が運ばれてきた。

いけない、集中、集中。

ジュエルルーペを覗き込み、瞳に魔力を込める。

次第に周囲の声も気にならなくなり、二十五問目まで問題が進んだ。

すでに五十分弱が経過している。慣れない状況で鑑定しているせいか少し疲れてきた。

「〝桃簾石(チューライト)〟でございます」

小姓に耳打ちすると、彼がゆっくりとうなずいて、得点板をめくった。

よし。正解だ。

「ピーターの娘が満点だぞ！」「ルビネック家の鑑定士もだ！」「一騎打ちか！」

会場の熱が上がり、私と斜め前にいる三十代の鑑定士に注目が集まっている。

どうやら満点なのは私たちだけのようだ。

ちらりと隣を見ると、ドール嬢の得点板はやはり5点のままだった。

「……あのジジイ……なぜ課題が……」

ドール嬢は周囲に聞こえるくらいの唸り声を上げ始めていた。

顔色は青から赤に変化して、羞恥と怒りで顔つきがひどいことになっている。

「オードリー嬢、集中だ」

ざわめきの中から低い声が響く。

振り向くと、観客席にいるレックスさんが何度もうなずき、隣にいるミランダ様が手に汗を握った様子でハンカチを握りしめ、こちらに強い視線を送っていた。

私は拳を握ってうなずいてみせ、次の課題に集中する。

二十六問、二十七問――解答するたびに歓声が上がる。

私とルビネック家鑑定士は正解し続け、ついに点数が29点になった。

最後の一問――。

三十問目を同時に解答すると、小姓が数秒の間を置いた。

しんと会場が静まり返る。

心臓が弾けんばかりに脈打った。

正解？　不正解？

ルビネック家鑑定士の小姓が首を横に振り、私の小姓が静かにうなずいて、得点板をめくった。

それと同時に、どっと歓声が湧いた。

「満点が出たぞ！」「満点で優勝だ！」「ピーターの後継者がやった！」

割れんばかりの拍手が私に向かって贈られ、水晶宮殿に反響する。

正解だった……？

全問正解したことに、頭が追いつかない。

『オードリー、やったね！』

クリスタが小さな手でぱちぱちと拍手を贈ってくれる。

周囲を見ると、皆が私に向かって称賛の拍手をしてくれていた。

自分と、私に知識を授けてくれた父さんが認められているような気がして、胸が熱くなり、涙が出そうになった。

『みんなの拍手にこたえないの？』

嬉しそうなクリスタが私の顔の前に飛んでくる。

そうだ。ぼうっとしていないで頭を下げないと……。

『オードリー、カッコよくね』

あわてて頭を下げようとしたところでクリスタに言われ、ハッとした。

こんなとき、ご令嬢ならどうするだろうか。

そうだ。忘れちゃいけない。私は私らしく、自分が理想とする鑑定士になりたい。

もう私は、昔の私ではないんだ。

「……」

涙をこらえ、笑顔を作り、なるべく優雅に堂々と、私はスカートをつまんでカーテシーをした。

わっとさらに拍手と歓声が上がる。

顔が熱くなったけど、背筋を伸ばし、観客席に向かって笑顔で手を振った。

ミランダ様が笑みを浮かべて拍手をしている。

あっ——隣のレックスさんが笑った！

ちゃんとした笑顔を初めて見た。微笑という表現が正しいけど、いつも無表情だから印象がだいぶ変わる。

レックスさんの笑った顔、ちょっと可愛いかもしれない。

貴賓席にいたギルド長とヴァーミリアン公爵閣下も拍手をしてくださっていて、面映い気持ちになった。

ちらりと横を見ると、ドール嬢が頭を垂れ、呆然とテーブルを見つめていた。

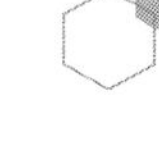

閉会式。

参加した鑑定士の得点が席順に読み上げられていく。

斜め前にいるルビネック家鑑定士の順番になると、29点という得点に、惜しみない拍手が贈られた。

そして私の番になり、司会者が大きな声を上げた。

「ミランダ・ハリソン元伯爵夫人推薦、オードリー・エヴァンスDランク鑑定士、30点」

私の得点に、おおお、とどよめきが上がる。

今までの人生でここまで目立ったことがないから、顔が熱い。

『ほら、手を振って』

クリスタに言われるがまま、笑顔で観客席に手を振る。

拍手が収まると、隣にいるドール嬢の得点が読み上げられた。

「ゾルタン・カーパシー男爵推薦、ドール・バーキンCランク鑑定士、5点」

私のものとは違う種類のどよめきが上がる。

見てはいけないものを見たような囁きがされ、ドール嬢はぶるぶると全身を震わせた。

ドール嬢の顔が真っ赤だ。

司会者がいたたまれなくなったのか、少し早いタイミングで次の鑑定士へと移ろうとしたときだった。

「こんなの間違ってる！　間違ってるわ！」

ドール嬢の金切り声が響いた。

水晶宮殿がしんと静まり、視線がドール嬢に集中する。

「私はこんな結果、認めない！」

ドール嬢が叩きつけるように言うと、ギルド長が一歩前へ出て、ドール嬢を壇上から見下ろした。

「神聖な大会の何が間違っているのかね」

重々しい声がドール嬢へ向けられる。

彼女は言葉に詰まり、取り繕うように口を開いた。

「それは……今回の課題がおかしいからですわ。そう、そうですわ！　ギルド長とオードリーはグルなんですわ！　きっとすべての問題を知っていたんです！」

「ほう……ドール嬢は、私がオードリー嬢に問題を事前に教えていたと、そう言いたいのだな？　その証拠はありますかな？」

会場がざわめく。

ドール嬢は自分の言っていることの意味がわかっているのだろうか。

大贋作会でそんな不正、されるはずがない。

「証拠は……オードリーがつい最近まで役立たずだったことですわ！」

この言葉に、ギルド長がぴくりと眉を動かした。

「主観の評価が証拠だと？　ドール嬢、君は鑑定士として今まで何をやってきたんだ？」

「失礼な男ですわね！　私を愚弄するのかしら！　私が誰の娘だかわかっていますの?!」

「バーキン商家の娘だろう？」

「お父様がギルドにいくら寄付しているか知らないんですの？」

「知っているさ。それはもう、よくね」

「では、もうおわかりですわよね。私に楯突けばギルド長といえどどうなるかわかっていますわよね」

「ああ、わかっている。だから、ギルドの膿を出したのだ」

「なんですって？」

ギルド長がにやりと笑う。

「ドール嬢が懇意にしている副ギルド長は本日付けで辞職した」

「えっ……う、うそ……うそ……」

ドール嬢が谷底へ突き飛ばされたような、悲愴感漂う声を漏らした。

「バーキン商家から多額の寄付を個人的に受けた証拠を見せたら、逃げるように辞めたよ。今頃、賄賂罪で都市騎士に追われているだろう。今回の大会で問題を教えられていたのは、君ではないのか？」

「……なんのことかしら」

「まだ気づかないのか？　一問目から五問目までは問題をあえて変えずそのままにしていた。六問目から問題が変更されて、得意げな表情が驚きに変わっていたじゃないか。顔を青くしていた様子が壇上からはよく見えたぞ」

ギルド長が泰然とした態度で言うと、ドール嬢が唇を震わせた。

あまりの展開に、会場の人たちが固唾をのんで二人のやり取りを見つめている。

副ギルド長が賄賂を受け取って不正をしていた？

ドール嬢に便宜を図っていたということ？

「それこそ……証拠がありませんわ！」

「君の報告を部下から受けておかしな点をいくつも見つけた。果たしてドール嬢は誇りある鑑定士資格を持つにたり得るのか、私は疑問に思っている。そこで、君には今から鑑定士であることを証明してもらおうと思う」

「どういうことですの！　い、意味がわからないわ！」

「この大会、ドール嬢は5点だったな？」

「……ッ！」

「後半の二十問目からはすべて当てずっぽうで〝贋作〟と解答したそうじゃないか。なぜそんなことを？　悪あがきも愚劣極まりないな。まさかとは思い、後半の問題に贋作は入れなかったがな」

「愚劣ですって……?!」

「閣下の小姓たちに確認を取った。言い訳はきかぬぞ」

ギルド長が大きな声を上げると、ドール嬢がうつむいた。

「やってもらうのは簡単なことだ」

ギルド長が小姓に合図をすると、ドール嬢の席にトレーが置かれた。じゃらり、と聞き慣れた音がする。

「そこに蛍石が入っている。簡易選別をして、最低限の能力があると証明してくれたまえ」

蛍石——。

私が何度も石磨きをさせられた鉱石だ。

蛍石は鉱山で採掘され、一度に大量に運ばれてくるが、必ず水晶が交じる。

そこで、簡易選別だ。

鑑定ではなく選別なので鑑定士の資格がなくてもできる作業で、鑑定士が魔力の流れを見れば、千個並べて、十個の水晶を弾くのに二十秒もかからない。

要するに、鑑定士なら片手間でできる仕事だ。

魔力でパッと見て、ささっと水晶を弾いて終わり。そんな作業——。

「……」

ドール嬢が口の端を噛んでいる。

ギルド長が絶対に逃さないという目でドール嬢を見た。

ドール嬢は一瞬だけ固まったが、やれやれとため息をついてみせた。

「なぜわたくしが簡易選別をしなければならないの？　ふざけないでちょうだい」

「できないのかね？」

「は？　できますわ。やる必要性がないからやらないのです。気分が悪いのでこれで失礼させていただきますわ」

ドール嬢が青い顔のまま退散しようとするが、貴族たちに見られていることを思い出したのか、足をぴたりと止めた。

「鑑定士は信用第一。簡易選別をしたまえ、ドール嬢」

私と優勝を争っていた斜め前の鑑定士が声を上げる。

すると、参加していた鑑定士全員が次々に声を上げ始めた。

「気になっていたのですよ。ドール嬢がEランク、Dランク、Cランクに上がった際の試験官がなぜいつも同じだったのかね……」

「試験官はバーキン商会会長であらせられるお父上と仲の良い鑑定士のようでしたね？」

「簡易選別もできないと、知り合いの魔道具師から聞きましたが本当ですか？」

疑惑の目がドール嬢に向けられる。

「さあ、やってみたまえ」

ギルド長が壇上から言う。

観客席にいる貴族たちもじっと彼女を見つめている。

「……ッ」

ドール嬢が顔を真っ赤にして周囲の人たちを睨みつけた。

逃げることはできない。

今ここで実力を証明しなければ、ドール嬢はおしまいだ。

思い返せば、彼女は事あるごとにCランクであることを自慢して回っていた。高潔な鑑定士たちは不正を許さないし、軽薄な行動にも腹を据えかねているようであった。もし不正が本当なら、私も同じ気持ちだ。

賄賂やコネで昇格していたのが事実なら……許されることではない。

「……」

ドール嬢は動かない。

私は魔力の流れを見て、遠目に簡易選別をする。

二百個ほどある蛍石の中に、五つ水晶が交じっていた。

蛍石は魔力を蓄積する特殊鉱物なので、魔力の流れを見ると、少し色が赤く見える。一方で、水晶は色の変化がない。変化がない石を弾く。それだけのことだ。

痛いくらいの沈黙を破って、ドール嬢が腕を組んだ。

「わたくしは……このような下賤（げせん）な仕事はしませんの。すべて執事にやらせていたわ」

ドール嬢が言い訳がましく言う。

「できないのか？」

「できます。やりたくないだけですわ」

「本当はできないのだろう？」

「そんなことはありません。私はCランク鑑定士ですのよ？」

「魔道具師ギルドからも陳情が届いていてな、ドール嬢が不正をして鑑定士になったのではないかと疑いの声が上がっている。提出した人物はカーパシー魔宝石商の魔道具師、ツェーゲンという人物だそうだ」

「……」

「ドール嬢が担当している蛍石の簡易選別に、水晶が相当数入り交じっているらしいではないか。しかも、以前までは――」

「うるさいですわね！　できると言っていますわ！　気分が悪いです！　帰ります！」

金切り声を上げてドール嬢が踵（きびす）を返した。

しかし、入り口は小姓たちが固めている。

ドール嬢は近づき、強引に押しのけて水晶宮殿から出ようとした。

「邪魔よ！　どいて！」

誰も何も言わない。

ドール嬢は「どうなるかわかってるのかしら！　お父様に言いつけるわ！」と、その場を譲らない小姓たちに怒鳴り声を上げる。

壇上から下りてきたギルド長が、トレーをドール嬢へ押し付けた。

じゃらりと音が鳴る。

「やりたまえ。できるのだろう？」

「……ッ……ッ！」

ドール嬢が声にならない声を上げ、トレーを見下ろす。

様々な色合いをした蛍石がギルドの照明を受けて光を反射させていた。

ドール嬢がぶるぶると両手を握りしめている。

……なんだろう。

自分の中に感じたことのない感情が渦巻いている。こんなとき……ご令嬢だったらどう行動するだろうか？　何を言うだろうか？

いや、私自身が、彼女に言いたいことがあるのかもしれない……。

こんな気持ち、初めてだ。

『お気に召すまま、好きにしたらいいんじゃない？』

ふらふらと飛んでいたクリスタが、にかりと私に白い歯を見せた。

そうだ。自分らしく生きたいと、鑑定士になってから決めたんだ。

「……」

私は、一歩前へ出て、トレーへ手を伸ばした。

「オードリー嬢？」

ギルド長の言葉を聞かず、水晶をすべてつまみ上げた。

「五つ、水晶が交ざっておりました。簡易選別は完了でございます」

「……どういうつもりかね？」

「ドール嬢は調子が悪いようでしたので、元同じ職場のよしみで簡易選別をいたしました」

「そうか……オードリー嬢は職場が一緒だったな。いつも肩代わりしていたのか？」

ギルド長の言葉は聞かず、手にとった水晶をドール嬢へと差し出す。

「どういうつもり……？」

「次はご自分でやってください」

五つの水晶がドール嬢の手に落ちる。

ドール嬢は目を見開いて、私と水晶を交互に見た。

彼女が何を思い、考えているのかはさっぱりわからない。

それでも言いたいことを言おう。

「私は……ずっと、鑑定士になることを夢見てきました。魔力がなくて、鑑定士になれないとわかってからも、父に言われた勉強と訓練を欠かしたことはありません。あなたに役立たずと言われても、鑑定士になることが……人の役に立つ鑑定士が、憧れだったんです」

感情の高ぶりを鎮めるため、深く息を吐く。

「鑑定士のバッヂをつけているなら、鑑定士らしく振る舞ってください。疑われているなら、再試験を受けて疑いを晴らしてください。うじうじと人前で簡易選別を渋るなど、しないでください。同じ鑑定士として恥ずかしいです」

「……な……恥ずかしいですって……？」

カッとドール嬢の顔が赤く染まる。

おそらく、一番言われたくない相手からの説教だ。

それでも私は言いたい。

「それから、簡易選別を下賤な仕事などと言わないでください。蛍石は魔道具師の技術で〝蛍石（フローライト）〟へ加工され、照明道具の燃料となります。無駄な仕事などこの世に一つもない……と、父が言っておりました」

悔しげに歯を食いしばっているドール嬢を見つめる。

彼女の瞳は大きく揺れていた。

「……」

ドール嬢が何も言わずに顔を伏せる。

すると、壇上の貴賓席にいるヴァーミリアン公爵閣下が、おもむろに立ち上がり、よく通る声を響かせた。

「ドール・バーキン嬢は後日、判別試験を受けなさい。それが魔宝石を扱う鑑定士としての義務である」

判別試験とは、鑑定士のランクが適正かどうか確認する抜き打ちテストのようなものだ。

めったに行われないが、こういうときのために存在している。

「この件はこれで終了とする。閉会式の続きへ戻るぞ」

閣下の軍人らしいきっぱりした言い方に、鑑定士たち、観客たちがうなずいた。

○

閉会式が終わり、水晶宮殿にいた鑑定士とその推薦人、観客たちは三々五々、帰路についた。皆が口々にドール嬢の不正について話し合っている。

きっと、今日の出来事は王都全体の鑑定士と貴族に伝わるだろう。

王都の噂は広まるのが早い。

ドール嬢は逃げるように水晶宮殿を出ていき、推薦人であるゾルタンは魂が抜けたような足取りで帰っていった。

「オードリー嬢、そちらにかけたまえ」

一方、私は満点優勝の特典があるとのことで、水晶宮殿の別室に呼び出されていた。

ソファに腰を下ろす。

前にはギルド長、ヴァーミリアン公爵閣下。

その横にはミランダ様。背後にはレックスさんが立っている。

有名人である魔宝石卿を前にして、背筋がピンと伸びた。

緊張している私を見てギルド長が笑い、口を開いた。

「オードリー嬢のおかげで助かった。あの娘、意地でも簡易選別をやらないとはな」

ギルド長が苦笑する。

「少しぐらい矜持を見せてくれると思っていたのだが、当てが外れたよ」

私もあれには驚いた。

それよりも、まずは謝ったほうがいいよね。

勝手にしゃしゃり出てしまったし……。

「ギルド長。小娘が皆様の前で説教などして申し訳ありませんでした」

「オードリー嬢の言葉を聞いて、若い頃に持っていた情熱を思い出したよ」

「アハハ……」

言いたいことを言ったけど、気持ち良さなどはあまりない。やっぱり私は、自分の考えを人に伝えるのが苦手なのかもしれない。

「これであの娘も判別試験からは逃れられんだろう。あの様子では、鑑定士資格は失効するだろうな」

「そうですか……」

「それから、この一件で鑑定士ギルドの浄化を貴族たちにアピールできた。鑑定士ギルドはもっと風通しがよくなるだろう」

「なるほど。デモンストレーションの意図もあったのですね」

「そうだ」

ヴァーミリアン公爵閣下が静かにうなずいている。

ギルド長がさらに口を開いた。

「ドール嬢をダシにするつもりではあったが、あそこまで癇癪を起こすとは思わんかったよ。まあ……あの娘はそこにいるミランダ夫人の孫にストーカーまがいのことをしていたようだし、ちょうどよかったと言えばよかったか。今どきの娘のやることは理解できんな」

ギルド長がレックスさんをちらりと見て、肩をすくめる。

レックスさんは相変わらず無表情だ。

何も言わないレックスさんから視線を離し、ギルド長が居住まいを正して私を見つめた。

「では、オードリー嬢。まずは優勝おめでとうと伝えよう。ピーターも天国で喜んでいることだろう」

「ありがとうございます」

「満点優勝ということで、閣下が一つ、何でも願いを叶えてくれるそうだ」

「え……何でも、ですか？」

「ああ、そうだ」

ギルド長が誇らしげに分厚い胸を張り、歯を見せて笑った。

ミランダ様も「栄誉あることよ」と笑みを浮かべている。

「閣下はオードリー嬢に期待しているそうだ」

「私にですか？」

「誰も成し遂げたことのない功績を残すのではないか、とな」

「そんな……ありがとうございます……」

恐れ多くてうまく言葉が出てこない。

すると、閣下が人差し指を上げた。

「一つ、願いを叶えよう」

「……夢のような話なので理解が追いついておりません……。本当によろしいのでしょうか？」

「ああ」

ゆっくりと閣下がうなずく。

炯々（けいけい）とした瞳には揺るがない意思が見て取れた。

何でもと言われると迷ってしまうよね。

もちろん、節度ある範囲で、という意味合いなのは重々承知している。お金とか、権利とか、魔宝石とか、そういったものを他の満点優勝者はお願いしたのだろうか？

『オードリー、あれが気になってるんでしょう？』

ふわふわと浮いているクリスタがのんきな声で言う。

そうだ。私は今、とてつもなく気になっているものが。

でも………さすがにまずい気がするんだよ。

頼んだら不敬罪とかにならないかな？

ああ、でも、気になって仕方がない。

だって、こんなに綺麗で美しい魔宝石、見たことがないんだから。

「オードリー嬢、何でもよいぞ」

閣下の催促に、私は意を決した。

「ご無礼を承知で申し上げます」

ふうと息を吐き、大きく吸い込んだ。

「勲章についた……魔宝石を鑑定させていただけないでしょうか？」

閣下がつけている大きな勲章は、聖星鷲勲章（スター・オブ・イーグル）と呼ばれる、類まれなる戦功を挙げた軍人だけが国王から贈られる一品で、現在所持者は閣下だけだ。

鷲の形を模したプラチナの台座に、目の醒めるような黄金の魔宝石が鎮座している。

20カラットはありそうな大きさだ。

魔宝石の効果や種類は文献に一切載っていないため、この手で鑑定してみたい。

はあ……見ているだけで吸い込まれそうになるよ……。

「……」

私の願いに閣下が黙り込んだ。

落ち窪んだ瞳をこちらに向け、じっと私を見つめてくる。

勝手に背筋が伸び、冷や汗が出てきた。

さすがにまずかったかな……。

ミランダ様とギルド長を見ると、何かをこらえるように口を引き結び、レックスさんは眉尻を少しだけ下げていた。私がまぬけな願いを言ったことに怒っているのかもしれない。

閣下を直視できず、目をつぶってしまう。

「オードリー嬢」

「は、はい！」

閣下に呼ばれ、即座に返事をした。

「存分に見るがいい」

「へ？」

閉じていた目を開けると、聖星鷲勲章（スター・オブ・イーグル）が差し出されていた。

「オードリー嬢、何を呆（ほう）けている。早く鑑定したらどうだ？　願いを言ったのは君だぞ」

「あ、はい！」

ギルド長に言われて我に返り、白手袋をつけて勲章を受け取った。

「ありがとうございます……」

ずっしりしている。見た目以上に重い。

裏には閣下のフルネームと受勲日が刻印されていた。

「閣下、本当によろしいのでしょうか？」

「そう言いながら見ているではないか」

ギルド長が噴き出すように笑い始め、ミランダ様も楽しそうに口元を押さえた。

閣下は目を細めて私を見ている。

「あの……あはは……すみません……」

目は口ほどに物を言うとは言うけど、私のことだったらしい。恥ずかしいよ。

『ねえ、早く見ようよ〜』

クリスタが催促してきたので、閣下に一礼し、ジュエルルーペを取り出して、中央にある黄金の魔宝石を覗き込んだ。

輝きから予想はしていたけど、中央の石はイエローダイヤモンドであった。

「――【光よ（オイラキ）】」

精霊魔法で小さな光の球を浮かせる。

光にかざしてさらに鑑定すると、匠の技を思わせる完璧なブリリアントカットがはっきりと見て取れた。不純物は一切含まれていない。

品質の高さとカナリア色の繊細な色味に、深いため息がこぼれる。

これほどの魔宝石はなかなかお目にかかれない。

さて、あとはどんな魔力が流れているかで、魔宝石の種類が判明する。

ダイヤモンド系の魔宝石は五百種類ほどが現在発見されているので、どの魔宝石なのか胸が高鳴った。

集中して魔力の流れを見る。

深く、深く、潜っていく。

魔力が星空のように輝き、虹の架け橋をいくつも作っていた。

これは……〝黄覇金剛石（オーバーイエローダイヤモンド）〟……？

だとすれば、とてつもなく希少な魔宝石だ。

ある一定以上の魔力を込めると、使用者の身体能力を三倍ほど底上げする効果がある。美術的な価値の高さからも、五十億ルギィはする。オークションに出せば百億ルギィまで跳ね上がるかもしれない。

だけど、おかしな点があった。

魔力の流れが、ほんの少しだけ不自然な箇所がある。

父さんの持っていた資料集と差異がある。

もっと集中力を高めて魔力の流れを見ても、やはりおかしい。

これってもしかして……、いや、多分そうだろう。

「……ふう」

ジュエルルーペから顔を上げ、閣下の顔を見る。

お伝えしていいものか、わからない。

「ありがとうございます。大変、参考になりました」

「鑑定結果はどうだ？」

閣下が私の手から勲章を受け取り、胸につけなおして、聞いてくる。

「……　〝黄覇金剛石（オーバーイエローダイヤモンド）〟、でございます。生きているうちに触れることができて、幸せです」

「そうか」

じっと見つめられ、すべてを見透かされたような気がした。

それから軽く雑談をし、私だけ部屋に残るよう言われ、ギルド長とミランダ様、レックスさんが退室した。

閣下と二人きりになった。

何を話せばいいのかわからず、じっとりと背に汗が浮いてくる。

クリスタはのんきにテーブルでタップダンスを踊っていた。お気楽具合がうらやましい。

「オードリー嬢は欲のない人であるな」

「そうでしょうか？　欲望だらけのような気がしますが……」

頭の中は石のことでいっぱいだ。

「こいつを鑑定したいとピーターと同じことを言うので、笑いそうになったぞ」

閣下がトンと勲章についた〝黄覇金剛石（オーバーイエローダイヤモンド）〟を叩き、口角を上げる。

「父も満点優勝をしたのですか？」

「そうだ。願いは君と同じ、こいつの鑑定だ」

父さんは……どこにでも登場するね……。

生前よりも父さんの情報が増えていくとは、どういう了見なのだろうか。あの無口め。

「それで、鑑定結果は〝黄覇金剛石（オーバーイエローダイヤモンド）〟でいいのかね？　鑑定士の誇りにかけて誓えるか？」

閣下が髭を撫でながら、試すように尋ねてくる。

鑑定士の誓いまで出されては真実を言う他なかった。

「心苦しいのですが……その石は、巧妙に作られた贋作かと存じます」

「ほう。その根拠は？」

多分、閣下は知っていて質問している。

「魔力を帯びていないイエローダイヤモンドを採掘し、研磨し、魔法で細工を施しております。微細にですが、深層で魔力が漏れ出してしまっており……本物であれば完璧に魔力循環がされているかと……」

「そうか」

「身体能力向上の効果はお試しになられましたか？」

「何度か試した。三倍、とまではいかんね。気持ち上乗せされるぐらいだ」

やっぱりそうか。

贋作とはいえ、魔宝石の効果まで付与するとは、とてつもない贋作師がいるものだ。

もはや、本物のと言っていいレベルだ。

「遺憾ですが、これを作ったのは高ランクの鑑定士であり、魔道具にも精通した人物だと推測いたします」

微細な魔力操作を必要とし、他の鑑定士を騙すとなれば、同業者であるという結論に至る。

こんな芸当ができるのは高ランクしかいない。

だいたい、どうやって魔力の流れを人工的に作るのか、さっぱりわからない。

閣下は私の解答に満足したのか、重々しく首肯し、こちらを見つめた。

「先代の王が、例の贋作師に騙されて買ったそうだ」

「例の……」

「この事実を知っているのは国王と、私と、ピーターと、オードリー嬢だけだ」

「……それは……」

「この件は墓場まで持っていってくれたまえ」

「承知いたしました。絶対にしゃべりません」

大きく首を縦に振る。

閣下の持つ最高位の勲章が贋作など、洒落にならない情報だ。そんなことを吹聴したら、捕縛されて即刻牢屋送りだろう。私はまだ死にたくない。黙っておこう、全力で。

閣下はニヒルに笑うと、呼び鈴で小姓を呼び出して指示を出した。

すると、小姓が私にネームカードを渡してきた。

「困ったことがあれば助力しよう。ピーターには世話になったからな」

「ありがとうございます！」

やった！　魔宝石卿のネームカードだ！

末代までの家宝にしよう。今のところ独身のつもりだけど。

「良き鑑定士の道を歩んでくれたまえ。蒐集（しゅうしゅう）家にとって、優秀な鑑定士は魔宝石よりも大切な存在だ」

閣下が立ち上がったので、私も腰を上げた。

「もしこの先、これを作った贋作師を見つけたら、ぜひ捕まえてくれたまえ。本物はそやつが持っているはずだ。ピーターも探していたんだがね……未だに見つかっていない」

そう言って、閣下は颯爽と部屋から出ていった。

退室する際、聖星鷲勲章(スター・オブ・イーグル)が閣下の胸でキラリと光る。

「……石には石の物語がある、か……」

例え贋作でも、閣下が勲章をつけていれば、それは本物に見える。

石に罪はないし、それを持つ人がどのように扱うかが重要なのかもしれない。

いずれ本物を見つけて鑑定してみたい。

それに、贋作師を捕まえろとのことだけど、私は素晴らしい魔法技術を持ったその人と話をしてみたいと思ってしまった。

こんなこと考えてしまう私は、欲深いような気がする。

『あの石、綺麗だったね』

『そうだね』

クリスタが笑って言うので、私も素直に笑みを返した。

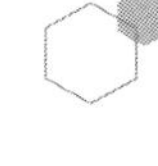

22

大贋作会の一件は、綿毛が宙を舞うように業界中へ伝播した。

鑑定士ギルドの副ギルド長が逮捕——。

ドール嬢が不正行為で資格失効——。

そんな中、カーパシー魔宝石商のゾルタンは起こった出来事を整理することもできず、ドール嬢と話す時間もないまま、仕事に奔走していた。

「なぜこんなことになった……」

彼はつい先ほどまでシフト調整のせいで発生したストライキ事件の視察に行っており、現場をその目で見て愕然としたばかりだ。

結論から言うと、鉱山従業員の七割が別商会に引き抜かれてしまい、採掘の稼働が完全停止してしまっていた。月間約一億ルギィの稼ぎがゼロである。

以前から、幾度となく送られてきていた嘆願書を見れば、コストカットをしたツケが回ってきたからだと理解はできたが、自分のやり方を信じていただけに、現実を受け入れられなかった。

それに加えてドール嬢の一件だ。

推薦した鑑定士が大会で最低得点である5点を叩き出し、おまけに不正疑惑までかけられている。

目を背けたい事実であった。

「……くそっ」

寝不足のせいか、頭が痛い。

事務所のドアを開けると、従業員が一斉にゾルタンに挨拶をした。

しかし、どこかいつもと違う。

皆が憐憫(れんびん)の目でゾルタンを見ていた。

「ドール嬢はどこにいる？」

ゾルタンは鉱山への視察のため、三日間、事務所を空けていた。

これでようやくドール嬢と話ができる。

だが、従業員は言いづらそうに、ドール嬢の席を見た。

「……ドール嬢は……一度も出勤していません」

「何？　あのドール嬢が一度も？」

「はい。一度もです」

あれだけ美しく、自信のある女性はいないと思っていた。

彼女は何があっても変わらないと信じていた。

ドール嬢の無断欠勤がまったく腹落ちせず、ゾルタンはむかむかと胃が痛くなった。

「仕事はどうした？　ドール嬢には簡易選別や魔宝石鑑定を依頼していたはずだ」

「それが……ドール嬢の家の方が来られて、依頼分の仕事を済ませて出ていかれました。どうやらドール嬢はずっと家の人間に仕事をやらせていたようです。いつも家で鑑定すると言って、仕事を持ち帰っておられましたから……」

「……」

言われてみれば、ドール嬢は常に持ち帰って仕事をしていた。

家でないと落ち着かないと言ってはいたが、まさか別の人間にやらせていたとは想像の外であった。

ドール嬢の実家であるバーキン商会なら、鑑定士の一人や二人は家に常駐しているだろう。

「……俺には一言も……」

ゾルタンは来月にもドール嬢と婚約するつもりであった。

お互い好き勝手に異性と交際してもいいという条件をドール嬢から提示されていたが、自分は自分で愛人を何人か囲っていたので、渋々ではあるが了承した。何より、大商会の娘であり、美人でスタイルもよく、Cランク鑑定士という肩書だ。結婚相手にはふさわしいと、彼女が商会に入ってきたときからずっと思っていた。

盤石だと思っていた道がいきなり崩れたことに、ゾルタンは頭を押さえた。

何より、ドール嬢から一言も相談がなかったことが、思いのほかショックであった。

彼女の中で自分の存在はどこにでもある水晶(クォーツ)と同じであったのかと、そんな気さえしてきてしまう。

「……彼女に会ってくる」

とにかく一度話をしようと思った。

事務所を出ようとすると、ちょうどドアが開いて、魔道具師のツェーゲンが入ってきた。

黒いロングコートに黒いスーツ。常日頃から崩さない怜悧な顔つきでゾルタンを見つめた。

「ゾルタン様、あの女は悪女です。会うのはおやめください」

「……聞いていたのか？」

「失礼ながら」

ツェーゲンが事務所のドアを閉め、奥の会長室へとうながしてくる。

ゾルタンはツェーゲンに従い、会長室へと移動した。

どうやらツェーゲンは、従業員に聞かせたくない話をしにきたようだ。

「ゾルタン様、端的に申し上げます」

「なんだ」

「私はカーパシー魔宝石商を辞めるつもりで、本日ここにまいりました」

「……そうか」

「ですが、ゾルタン様……坊っちゃんの顔を見て、思いとどまることにいたしました」

「同情か？　俺はそんなひどい顔をしているのか？」

「初めて挫折を経験した男の顔です」

ツェーゲンが息子を見るような目でゾルタンを見つめる。

「先代からは、坊っちゃんが大人の男になるまで見守ってほしいと言われておりました。ここで約束を破るのは、魔道具師の恥でございます。ですから、これからは私が経営の補佐に入ります」

「……大人の男か」

ゾルタンは不甲斐なさから、苦笑する。

大赤字を出し、女にも逃げられてしまい、とにかく情けなかった。

「坊っちゃん。先代は、何度失敗しても笑っておられましたよ。あの方のそういった前向きさに、皆が付き従っていたのです。坊っちゃんは坊っちゃんなりの行動で、従業員を導いてくださいませ」

ツェーゲンが深々と一礼する。

「俺は……父さんが嫌いだった。どの従業員も口を開けば父さんのことばかり話していた。誰にも言っていないが、行方不明になったときは心底嬉しかった。だが、今ではその感情すら子どもであったと……おまえに言われて理解した」

ゾルタンの父は希少な魔宝石を探しに旅へ出て、五年経った今も戻ってきていない。行った場所が魔境と呼ばれる死亡率の高い場所であったため、三年が経った時点で死亡扱いとなり、ゾルタンが商会を正式に引き継いでいた。

「……」

「俺は父さんとは違う。それでもよければ、今後とも、頼む」

ゾルタンがツェーゲンに向かって頭を下げた。

自分でもこんな気持ちになったのは初めてであった。

「承知いたしました」

ツェーゲンが魔算手袋(エディトグラブ)をつけた右手を胸に置き、左手で叩いた。

魔道具師の最敬礼だ。

「まずは経営方針から見直しを図るべきでしょう。他部署の人間を集めて一度胸襟を開き、話し合うのがいいかと愚考いたします」

「わかった」

「それから、愛人を作るなとは言いませんが、一人にしておくべきでしょうな。十人は多すぎます。先代を見返してやろうという気持ちからの行動かと思いますが、もう少し大人になってください」

「……すまない」

「今後は従業員の言葉にも耳を傾けてくださいませ」

「ああ」

「ともあれ、今日はお休みください。ひどい顔をしておりますぞ」

ゾルタンは素直にうなずき、ソファから立ち上がった。

疲労で身体が軋(きし)んでいる。

ツェーゲンがドアを開けてくれ、二人で事務所から出て、馬車に乗り込んだ。

舗装された道と車輪がこすれて馬車が小さく揺れる。

ふと、ツェーゲンが口を開いた。

「……婚約破棄が一番の失策ですな」

「なんの話だ？」

「オードリー嬢ですよ」

ツェーゲンが残念そうに息を吐いた。

「鑑定士ギルドで聞いたのですが、十三年間、魔力がない間もずっと勉強と訓練をされていたそうです。才能がないと言われ、それでもあきらめなかった彼女こそ、才女でしょうな」

「あいつ……オードリーは……地味なくせに、頑固な女だった」

今になって、なぜ自分がオードリーにつらく当たってきたのか、ゾルタンは初めて理解できた気がした。

大商会の跡取りである自分に手に入らないものはないと思っていたところに現れたのが、オードリーだ。

分厚い眼鏡をかけ、髪型も気にせず、いつも下ばかり向いている女だった。

自分と婚約したのに少しも嬉しそうではなかった。

女から興味を持たれなかったことが気に食わなくて、冗談のつもりで厳しい労働条件を突きつけたところ、オードリーは嫌な顔をせずに仕事をこなした。

もう一つ、ゾルタンが一番気に食わなかったところが、オードリーが鑑定士になる訓練をしていたことだ。

魔力ゼロで鑑定士になるのは不可能だ。

無駄なことなのでやめさせようとしたが、ピーター・エヴァンスから教えられた訓練だけは、断固としてやめる気配がなかった。

日に日に、ゾルタンが向けるオードリーへの態度は悪化した。

何を言っても、自分の思い通りに動かない女だったと今になって思う。

商会でオードリーをこき使い、自分の手のひらで操ってきたつもりだったが、彼女の心だけは自由にできなかったのだ。

「俺は……夢をあきらめなかったあいつが、憎たらしくて、羨ましかったのかもしれない」

ゾルタンがつぶやくと、がたりと馬車が揺れた。

ツェーゲンが深く息を吐いて、ゾルタンの肩に手を置いた。

「坊っちゃん。あなたは自分勝手で思いやりがありませんね」

さらりとひどいことを言われ、ゾルタンは頬が引きつりそうになった。

「……言いたいように言ってくれるな？」

「はっきり言って、坊っちゃんは最低ですよ」

「……」

「五年も婚約したのに結婚せず、従業員以下の労働条件でこき使って、婚約破棄したあとすぐに別の女と付き合い始める。その理由が、憎たらしいから。これが最低じゃなくて何が最低なのですか？　しかも悪女とよりを戻そうとしていた。いい加減、夢から覚めてくれというのが私の気持ちですね」

「くっ……そうかもしれん……」

「ま、ここから挽回しましょう。人生は続いていくんですから」

厳しい顔つきのツェーゲンが笑い、ぽんと肩を叩く。

彼の口の端に笑い皺が寄った。

「そうだ。くれぐれもオードリー嬢に謝罪しようとか考えないでください。自分の心を軽くしたいだけの、浅はかな行動です。絶対に許してもらえません」

「……そうか」

「ええ、そうです」

ツェーゲンがもう一度笑う。

彼の笑い皺を見て、ゾルタンはツェーゲンが若い頃に苦労を重ねてきたことを思い、何も言い返せなかった。

23

大贋作会から早くも二週間が過ぎた。

ドール嬢はギルドから指示された判別試験の会場に現れず、鑑定士の資格を剝奪されたらしい。

カーパシー魔宝石商にも顔を出していないそうだ。

「鑑定士資格を不正で手に入れるって、あり得ないわね。上層部は何してたの？」

モリィがコーヒー片手に鼻息を荒くしている。

そんな顔をしていても、美人さんだ。

「副ギルド長が私腹を肥やしていたみたいだよ」

「はあ～……生きる誇りとかないのかしらね？」

モリィが憮然として言い、コーヒーのおかわりを店員に頼んだ。

メルゲン書店のカフェはカップルや若者たちで賑わっている。

「今回の件で風通しがよくなったみたいだね。ドール嬢の不正に関わっていた人たちが解雇処分されたんだって。一人が同じ役職に居座り続けるのも問題があるよね」

私も注文したコーヒーを一口飲んだ。

豊かなコクと甘い香りのコナコーヒーに、笑みがこぼれる。

「とりあえず、あのドール嬢が痛い目をみてすっきりしたわ」

モリィが快活に笑う。

「驚いたけど、まあ……うん。もう恨みとかそういうのはないから、彼女の幸せを祈るよ」

「さすがは期待の星」

ははぁ〜、とモリィがテーブルに両手をついて頭を下げる。

最東国のお辞儀の真似らしい。変なポーズだ。

「モリィ、ちょっと。恥ずかしいから顔を上げて」

「違う違う。面（おもて）をあげい、って言うのよ。あげい」

「そうなの？」

「この本によるとね」

最近出た遠距離恋愛の小説を見せてモリィが笑うと、ボブカットがさらりと揺れた。

続いて、彼女がテーブルに置いていた二冊の小説をこちらに出してきた。

「……例のブツよ」

「……ありがたく」

モリィから受け取ったのは、王都で人気の嫌みな敵に仕返しをする、いわゆる、ざまぁ系の恋愛小説と、そして、『ご令嬢のお気に召すまま』の最新刊であった。五年ぶり、待望の新刊である。

どの書店でも完売御礼。在庫切れ。

持つべき者はやはり趣味友だ。

互いにうんうんとうなずき合い、がっちりとモリィと握手をし、『ご令嬢のお気に召すまま』の過去シリーズについて語る。

モリィもまだ新刊を読んでいない。

次に会うときまでの宿題だ。

しばらくして小説の話が小康状態になると、モリィがコーヒーとドライフルーツをおかわりし、にまにまといやらしい笑みを浮かべ始めた。いやな予感がする……。

「で？　金髪イケメン魔道具師様とはどうなったのよ？」

「またその話？」

モリィの恋愛脳にあきれてしまう。

「だからレックスさんとはそういうのじゃないって」

「でもさ、ミランダ様公認って……もう秒読みじゃない？」

「何を秒読んでるの？　前にも言ったけど、大奥様と父さんは仲が良かったの。私はそのおかげもあって取り引きさせてもらってるだけだよ」

「でも、毎回金髪イケメンが登場するってのは、ねえ？」

モリィが鼻の穴を膨らませる。美人が台無しだ。

「傭兵の資格も持ってるから、護衛だよ」

「毎回オードリーを家まで送ってくれるんでしょう？」

「まだ一、二回だから」

「それにしたって手厚い待遇じゃない」

引き下がらないモリィにため息が出てしまう。

恋愛の話が三度の食事より好きなモリィは、会うたびにレックスさんとの関係をからかってくる。

多分、私が結婚をしないとわかっていて言っているんだと思うけどね。

ああでもないこうでもないと言い合っていると、私たちの座るテラス席に大きな人影が映った。

見上げると、金髪美形の魔道具師が立っていた。

「……金髪イケメン……」

私の前に座っているモリィが息を呑み、口をぱくぱくさせた。

あり得ないほどの美形とは言っていたけど、まさかここまでとは思っていなかったらしい。

確かに、会うと毎回思うけど、現実離れした綺麗な顔をしている。

「お話し中のところすまない。ギルドの受付嬢にここにいるかもしれないと聞いてな」

相変わらずの無表情でレックスさんが言う。

なるほど。受付嬢のジェシカさんとは何度かここに来ている。彼女が教えたようだ。

「私は大丈夫ですよ。モリィ、平気？」

モリィがこくこくと壊れたおもちゃみたいにうなずく。

そこまで驚くことかな？

周囲を見る。

めちゃくちゃレックスさんが目立っている。

そこまでのことらしい。私が麻痺してるっぽいね。

とりあえず彼に席を勧め、座ってもらい、コーヒーを注文した。

レックスさんは運ばれてきたコーヒーを一口飲み、モリィに視線を移した。

「こちらがオードリー嬢が以前話していた、モリィ嬢か？」

「あ、はい。そうですよ。親友のモリィです」

「レックス・ハリソンだ。レディの歓談を邪魔してしまい申し訳ない」

レックスさんが丁寧に礼を取ると、モリィが「大丈夫です、はい」と借りてきた猫みたいな様子で返事をした。さっきまでの威勢はどこにいったんだろうか。

モリィの反応は特に気にならないのか、レックスさんが持っていたトランクケースを膝の上で開け、可愛いリボンで装飾のされた箱をテーブルの上に置いた。

「ミランダ様からだ」

トランクを閉じ、彼が私を見る。

箱の大きさは両手ほどで、淡い桃色をしており、格子柄のリボンが巻かれていた。

高級そうな包装だ。

「えっと、なぜ私に？」

「大贋作会でオードリー嬢が優勝した、祝いの品だ」

「そんな……出場だけでもご褒美でしたのに……」

「優勝者の推薦人は他の貴族に自慢できる。そういったメンツが貴族にとっては金よりも重い。ミランダ様はかなり喜んでおられたぞ」

「受け取ったほうがいいわ。元伯爵様の夫人でしょ？　そんじょそこらの準男爵とか、男爵じゃないんだから。大貴族様のお礼を拒否するなんて不敬よ」

時間が経過していつもの調子を取り戻してきたのか、モリィがテーブルに身を乗り出した。

躊躇していると、レックスさんが開けろと催促してきた。

「わかりました」

そっとリボンを解いて箱を開けると、ふわりとラベンダーの香りがした。

中には化粧品らしき小瓶が四本入っている。

ガラス工房の最新技術を使用して作られた瓶なのか、精霊を模したデザインが可愛い。飾っておきたくなるね。

「メイク落とし、洗顔、化粧水、保湿クリームだそうだ」

無表情に彼が指をさして言う。

「使ったら感想を教えてほしいとのことだ。頼む」

「オードリー、これ、絶対に高いわよ……」

モリィが戦慄している。

「一本おいくらぐらいするのでしょうか……？」

聞くのが怖い。

「おそらく十万ルギィはするだろう」

「一本十万ルギィ」

「受け取らないというのはなしだ。さもないと、本人がアトリエに乗り込んでくる」

「……承知しました。では、ありがたくちょうだいいたします」

「それから、これは私からの祝いの品だ」

レックスさんがトランクケースから革袋を取り出し、テーブルに置いた。

じゃらりと音が鳴る。

「優勝おめでとう。魔力の切れた魔宝石だ」

「わあ！　わあ！　見てもいいでしょうか！」

内包する魔力が消滅した魔宝石は価値が大幅に下がり、鉱石に分類される。そのため処分されるか、安価なアクセサリーとして販売されることが多く、鑑定する機会が少ない。

革袋を覗き込むと、色とりどりの石たちが入っていた。

おおおっ、可愛い元魔宝石ちゃんたちがこんなにたくさん……！

「ありがとうございます！　とても嬉しいです！」

「……予想通りの反応だ」

レックスさんが笑いをこらえるようにして口を引き結ぶ。

私が化粧品よりも石を喜ぶ女だと見透かされている気がしてならない。いや、実際にそうなのだけれど……。ちょっと恥ずかしくて顔が熱くなってくる。

「あなたにならオードリーをまかせられるわ」

モリィが笑いながら親指をびしりと立て、そんなことを言った。

レックスさんは首をひねり、一つうなずいた。

「よくわからないが、まかされよう。オードリー嬢は稀代の鑑定士になると予想している。魔道具師として今後も取り引きをしたい」

「そういうことじゃないけど……まあいいでしょう」

モリィが嬉しそうに笑い、何かをぶつぶつとつぶやき始めた。

「オードリーはまだしも、この金髪イケメンとんでもなく鈍いんじゃない？　だからミランダ様もレックスさんをオードリーに頻繁に会わせているのかしら？」

あまり聞き取れない。

モリィはたまに独り言を言うからほうっておこう。

それよりも、石だ。

もらった革袋を上下に揺らすと、じゃらじゃらと音がする。

これこれ。この音だよ。

「ああ～、幸せな音ですね～」

勝手に笑顔になっちゃうよね。

レックスさんとモリィがなぜか噴き出したが、気にしないことにした。

『オードリー、今日はどこへ行くの？』

『今日は五層洞窟へ行くよ。サイズ指定ありの〝緑柱石（アクアマリン）〟の採掘依頼が来たからね』

『へえ〜』

クリスタが両手を頭の後ろにやり、寝転がるようにして宙に浮いている。

天気は快晴。

微風、南風。

絶好の採掘日和だ。

借りた馬車も、精霊魔法で軽快に前へと進んでいる。この分なら予定よりも早く到着するだろう。

御者席に座り、馬車の揺れを感じながら、首にかけた革紐を引いた。

欠けた水晶（クオーツ）のネックレスがシャツの胸元から出てくる。

『あ、ぼくのお家（うち）』

クリスタが欠けた水晶（クオーツ）を見て白い歯を見せた。

『クリスタの家なの？』

『うん。水晶（クオーツ）は全部つながっているけどね』

『そうなの？　つながっているのは、精霊の世界でってこと？』

『そうだよ～』

お気楽な調子でうなずきながら、クリスタが私の前を飛ぶ。

へえ、精霊の世界か……。

一度でいいから行ってみたいな。

「よいしょっと」

片手で手綱を操り、水晶（クオーツ）を日にかざす。

きらりと輝く、不変の美しさがあった。

すべては水晶（クオーツ）から始まったと言われるほどありふれた鉱石だけど、私にとっては特別だ。

ふと、私はこの水晶（クオーツ）を手に入れたときのことを思い出した。

『ねえ。なんで欠けているの～？』

クリスタが大きな瞳を輝かせて、割れた水晶（クオーツ）を見つめる。

『それはね、私が小さかったときに見知らぬ少年と――』

そこまで話したところで、馬車が大きく揺れた。

あわてて水晶（クオーツ）から手を放して両手で手綱を握る。馬車が壊れたか心配になったけど、馬は気に留めていないのか、何事もなかったように馬車を引いていた。

「びっくりした……」

御者席から身を乗り出して背後を見ると、大きな石が見えた。車輪が乗り上げただけみたいだ。

『大丈夫～？』

『うん。平気みたい』

手綱を握り直して、胸にぶら下がっている水晶(クオーツ)を指先でつまんで転がす。

この子は初めて自分で見つけて、初めて採掘した水晶(クオーツ)だ。土を掘り返せば簡単に手に入る鉱石だけど、この石を見つけたときの胸の高鳴りは、今も私の中で色鮮やかに輝いている。

これを見せたときの父さんは、めずらしく笑っていたな。

「この気持ちを忘れずに頑張らないと」

私も人の役に立つ、父さんのような立派な鑑定士になりたい。

『あ、ごめんクリスタ。欠けた水晶(クオーツ)の話だったよね？』

そう聞くと、クリスタはそれに答えず、私の顔の前に飛んできてじっと瞳を見つめてきた。

『オードリーはいい目になったね！　死んだあとに目玉をもらうのが楽しみだよ』

クリスタが屈託なく笑った。

『可愛いのに怖いよ』

『人間の目玉ってキレイだよね。コレクション見る？』

私の話を聞かず、クリスタが宙から魔法で袋を出現させ、頭をつっこんでごそごそとやり始めた。

『一番キレイなのは俳優だった男の目玉なんだけど……あれ、どこかな……』

『あ、遠慮しておきます』

丁重にお断りをして、袋をしまってもらった。

目玉を出されてはかなわない。代わりにコーヒー豆をプレゼントする。

クリスタは馬の頭に着地し、ぼりぼりとおやりになり始めた。

『オードリーの目がキラキラになって、ぼく、嬉しいよ』

『そっか……今が楽しいからかなぁ?』

『それなら人生をもっと楽しまないとね!』

『そうだね』

目的地まで先は長い。

馬車に揺られるこの時間も、まだ見ぬ魔宝石を思い浮かべれば、楽しいものへとすぐに変わった。

おわり

SQEXノベル

没落令嬢のお気に召すまま
～婚約破棄されたので宝石鑑定士として独立します～ 1

著者
四葉タト
イラストレーター
藤実なんな

2023年7月6日　初版発行

発行人
松浦克義

発行所
株式会社スクウェア・エニックス
〒160−8430
東京都新宿区新宿6−27−30　新宿イーストサイドスクエア
（お問い合わせ）スクウェア・エニックス　サポートセンター
https://sqex.to/PUB

印刷所
中央精版印刷株式会社

担当編集
鈴木優作

装幀
アオキテツヤ（ムシカゴグラフィクス）

この作品はフィクションです。
実在の人物・団体・事件などには、いっさい関係ありません。

ISBN978-4-7575-8655-0 C0093　　Printed in Japan